心如云

飞花铭思集

安然——著

南方日报出版社
NANFANG DAILY PRESS
中国·广州

图书在版编目（CIP）数据

心如云：飞花铭思集 / 安然著. --广州：南方日报出版社，2019.12
ISBN 978-7-5491-2100-7

Ⅰ.①心… Ⅱ.①安… Ⅲ.①诗集—中国—当代 ②散文集—中国—当代 Ⅳ.①I217.2

中国版本图书馆 CIP 数据核字（2019）第 235481 号

XIN RU YUN:FEIHUA MINGSI JI
心如云：飞花铭思集

著　　者：安　然
出版发行：南方日报出版社
地　　址：广州市广州大道中 289 号
出 版 人：周山丹
责任编辑：刘志一　郭海珊
责任技编：王　兰
责任校对：裴晓倩
装帧设计：迎立文化
经　　销：全国新华书店
印　　刷：广州市新齐彩印刷有限公司
开　　本：787mm×1092mm　1/32
印　　张：7.5
字　　数：108 千字
版　　次：2019 年 12 月第 1 版
印　　次：2019 年 12 月第 1 次印刷
定　　价：39.00 元

投稿热线：（020）87360640　　读者热线：（020）87363865

写诗的经历

我从小就喜欢朗诵，记得在幼儿园时就能上台表演，中学、大学时都是以朗诵在同学圈里闻名，现在算来，这项爱好也有近50年了。读大学时，开始从诗歌朗诵向写诗歌发展，尤其喜欢与能写诗的人来往，羡慕那些会写诗的人，羡慕他们的想象力和文采。那时候，我感觉自己写不了，偶尔的“涂鸦”也是十分不如人意。尽管对写诗的向往一直在发展和深入，但仍然不成诗。

后来我出国了，在美丽的英伦，感受到田园凝固、静态又千般起伏的美，那种美让我意识到西方油画能诞生的先天条件和优越性。在剑桥徜徉，你会发现《再别康桥》这首诗歌的很多诗句就是白描，而这种在诗人眼里可以直接白描的地方在英国比比皆是，尤其是我居住的泰晤士河沿岸。秋天来临时，开车从雷丁到牛津，一路弯弯曲曲，上上下下，各种红黄、金黄的叶子如同一个个让人震撼的画面在我眼前铺展开来，让我目眩魂摇，让我由衷赞叹，让我不由自主地拿起了笔。

我开始提笔“涂鸦”了，刚开始无法成诗，就直接用大白话表达感情，表达我对大自然美的叹服和感慨。同时，作为一名留学生，外部环境的优美以及内心世界的孤独，让我必须提笔，敞开胸怀，去与大自然交流，向它倾诉。就这样，我开始有了记录、描述的习惯，但凡有思考有感慨就一定记下来，日子久了，就有厚厚的一摞了，感觉好的诗，便拿出来与人交流。大部分人不太明白，这个平时爱笑的安然为什么写出来的文字含着泪。偶尔遇到一两个也写诗的人，便与之切磋，取长补短，相互评价。

算算我写诗的时间，也有20多年了。这些年来，我始终在坚持写诗，无论有没有人欣赏阅读，无论我是做学生还是做老师，无论我是做行政事务还是参与各种社会活动，诗从来就没有离开过我。有人说，诗是属于年轻人的，到了一定年龄，就不可能写出诗了。这句话让我有点恐惧，为了让自己始终能写出诗，我抓住灵感就写，长年累月不断地坚持写，写着写着，我发现，自己已经和诗融在了一起。即便已过知天命的年龄，写起诗来，激情依然如年轻人一般高涨，想象依然能凌空飘逸，文字也越来越精练。我的自信心也与日俱增，不再为年龄增长而烦恼，因为我知道，这辈子，我和诗已经再也不会分开了。写诗让我习惯了思考，写诗让我热爱独处，写诗让我内心充实，写诗让我对生活充满了无限的向往。

从喜欢朗诵到提笔写诗，除了天性爱好导致本能的创作和追求，没有任何其他杂念。几十年来在繁忙的教学、行政、科研之余，利用茶余饭后的点滴休闲时间，尤其是在空中飞翔的时候，带着一双洞察的眼去观察，带着一颗柔软的心去感受，带着一个体悟的大脑去思考，俨然就是一名诗人了，多么自豪，又是多么顺理成章！这是一个非常典型的“只问耕耘”的故事。这段经历让我明白，去做自己喜欢的事情，埋头去做，不要管结果，只要坚持，日子久了，结果就显现了。发自内心的喜好才是做事情真正的动力源泉，坚持是能看到结果的前提条件。

我是一名从事留学生教育工作的老师，我给中外学生讲授“跨文化理解”这门课程，其中就包括如何理解中文诗歌的含蓄和隐喻，从诗歌里窥探中国文化的一斑。我希望读我诗的年轻人，尤其是那些来自世界各地的留学生，通过这些诗，看到一个坚韧并充满向往，且一路前行的中国教师形象。

我还想表达的是，一个真实的诗人，不光有美的时候，也有情绪上下波动的瞬间。诗人的性格太敏感，不论是高兴还是悲伤，反应总有些过头，或许这样就有了诗。但我依然是我，一个诗人，一个独行者，一棵火烧不尽风吹又生的野生小草，一条时常断流也要奔向大海的森林小溪，我不适合也不追求隐忍，我要大大方方地活，活出我的风格和特色。或许，就是大写的一个“孤”，那也是一种风采。

我用诗，来记录生命中不经意散落的星星点点。我用诗，来铭刻我的生活轨迹，铭记我的情感奔腾。岁月的累积，生活的沉淀，思考的深邃，灵性的升华，使我有了这第五本诗集《心如云——飞花铭思集》。

目录

第一部分　诗歌

目录

如云

目录

第二部分 拾零

第三部分 随笔

第一部分

诗歌

爱丁堡古屋静思

游客　漫步
在王子大街
我　静静　书写
在这幢　古老的　屋
恍惚　回顾
内心　宁静喜悦
思绪　穿越

窗帘　顺着高大的窗　飘
艳丽　沁心
伴　一架
古式奢华的钢琴
琴面上　摆着
一个大花瓶
白底　相间
粉绿小花
古朴　优雅

岁月流逝的故事
如诗
弥漫　轻唤

墙上的油画
从典雅到沧桑
呈现
缓缓　流动的清唱
如甘泉
在两百年的
老屋　渗
一条帆船
迎风　驰骋
冲向浪尖　再向前

窗外的人群　熙熙攘攘
阳光下
聚集　拍照

远处的马戏
吸引了人群
高耸的教堂
钟声　规律响起
年轻人　尖叫
孩子们　高唱
海鸥　自由翱翔
在人声鼎沸的
低矮天空
感受　人间热闹
褪去　海上飞翔的孤独

安加拉河上的心锁

是锁住了心
还是心随锁而停摆

无所住的心
怎能靠锁
来阻碍前行

水东流
昼夜不舍
岸上的锁
如何不惶惑

锁心不如共前行
随波随浪
起　伏　运
命　冥冥
共进

奥斯陆的清晨

引言 前几日，在奥斯陆拍下清晨的照片，美得让人震撼。今日有空，拿出来细观，提笔。

奥斯陆的清晨
紫色　混搭
渐变的蓝天阵
飘一袭
淡淡咖啡的旖
绮丽

火红的朝霞
将浓郁的香水
挥洒
在白雪堆积的
心绪中
飘移

闪烁的灯光
晃　心里翻腾的浪
厚雪不语
疾步迈向
远方
紫色的隐喻

许
徐徐　絮絮
光影唏嘘
装点
树梢上
星星点点的　觅

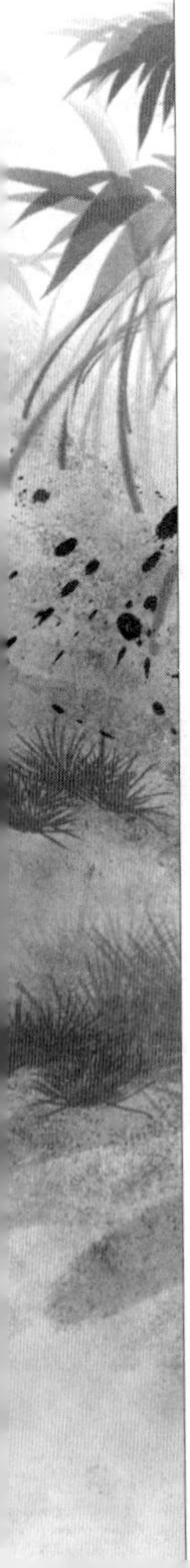

冰天雪地

苍茫　纯白
厚厚的积雪
展示一种沧桑与力量
扑面而来
奔腾跨越
源源不绝

那剔透的湖水啊
如梦如幻
在厚雪层里
哗哗流淌
呈一片碧绿
蜿蜒在积雪间
宛若天上飘下的绸带
绵绵　婉转
还还

纯蓝的天空
投射　一份安宁
为这广阔的天然
润
大自然　千万年的
自在　轻行
宠辱不惊
心　永远是晴

冰与火

白茫茫　天苍苍
挡不住
急行脚步
奔赴现在
缤纷的长廊
激情高涨
一浪高过一浪

雪　厚积
展　如意
清新的惊喜啊
冷了脸颊
热了哧哧发的芽
心如梦醒的初夏
宛若朝霞

不拘

引言　清晨散步，欣然随笔。

沐浴阳光下
步履　恰恰恰
鸟语　唧唧唧
心境　平怡　逸
春的温暖
绿的心欢
小道弯曲　婉转
抓住了　梦之幻
小木庭
静坐
望　河里的轻行
嘎嘎声
一阵阵
惬意　欣喜
不拘　不拘

不念

日起月孤
此起彼伏
周而复始的感悟
不念不觉苦

风起了雨来了
飘来惆怅
湿了衣裳
不念不觉伤

路茫茫人影晃
拉长的身躯
碍了心域
不念不觉屈

抖动的话语
触碰到诗的格律
断了空弦
不念不觉恋

不休

内心的牵扯
一道暖色
执拗
紧紧　不言休

走不出的屏障
满眼是殇
依然清唱
声回荡
在曲径通幽的长廊
似惆怅似心伤

天空拉着云彩的手
丝滑温暖如绸缎
拨乌云挡风雨
在广袤的塞外　留守
翘盼　天边有一抹红
冉冉　充实彼此的心候

永不休

禅境

那份禅境
那份空灵
心静　再静
脚步轻轻
随青石板的指引
踏进　四方天空
水流淌　声声许
苍松青绿
粉红的樱花
装饰了空中
淡淡伤感
柔美　纤细
如悲　悲泣
踱步的女子
迈入空灵

寻云　冥冥
天地间
唯有　那片天
小和尚　排步
化缘　还愿
风吹得　樱花瓣
舞翩跹
樱花细雨　绵绵黏黏
心　流连
流连

生生不息

河水　绕着草原
九曲十八弯
弯弯印太阳
天赐　宁祥

积雪的高山
终年高冷　守护
这广阔的草原
从绿油油到泛金黄
总是　展
变换惊诧的绚烂

河水弯弯曲曲
延伸　至　无际
轻轻　无声息

挎着草原
双双　顺着天意
走向无际
生生不息

高山　只能矗立
无语

春雨

引言 写于赴全国人大会议的飞机上。

透过舷窗
润心　润唇
轻轻　渗
粉色桃花
衬着
飘挂的小红旗
由里向外
散发着　喜
走道　攘攘熙熙
代表们
揣着　各类建议
踏上　舷梯
奔赴　北京
将　职责　担当
询　议

电话里传来的笑

电话的两端
天边眼前
心　充满了　炫
咯咯咯　咯咯咯
情不自禁　笑个不停
那笑啊
从心底往上升
清新　清宁
如两只飞燕
轻盈
醒了　那润开了的云
映着红霞
天上行　灵灵

电话里的笑
刻印　闪耀

翡翠般的海

海　碧蓝
浪　汹涌
掀起的一瞬
翡翠绿　上扬　漂荡
然后　冲向
海边的巨石
激起一阵阵　一层层
纯白的浪
如奶油般
浓郁　厚积
覆盖　眼前一片
天缘　地陷
悠远　悠悠　远

飞机上望云有感

云海苍茫
堆积
如大河的冰层
厚厚　滚滚
驶向
天边的苍凉
无像

云朵　一簇簇
盛开　怒放
如硕大的棉花
柔柔　软软
招摇　彰显
在广袤的天际
不期而遇

云丝　絮絮飘起
奔驰
如烟如幻
踩着轻梦
步入红尘
叩问
人间是否　有　恒

感慨

欣喜　心怡
阳光沐浴
喜泣
不由己　不由己

走了一弯又一弯
翻绵绵高山
黑夜里跋涉
泣血呻吟
仰天长叹
无数次被打趴在地
无数次自己又站起
终于　迎来了
冉冉升起的红日
又一番神奇

凝望太阳
泪流双行

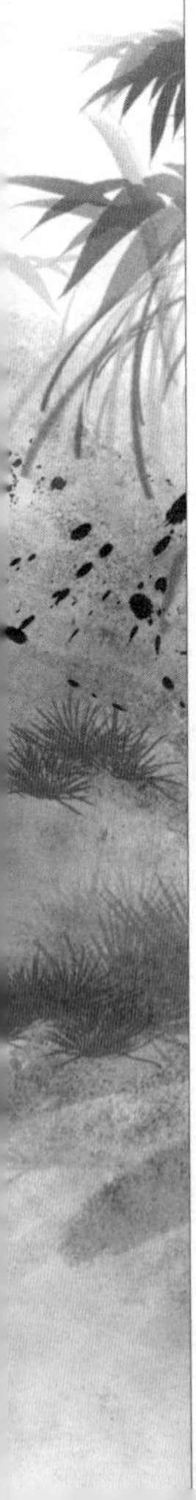

感恩　大地带来了欢唱
远方
天籁之音冥冥
沁心　刻印
天上飘来祥云
架起一道万丈彩虹
圆梦
欢乐颂
内心　依然是　恭

升腾的谢意
敬苍天　飘彩旗
五线谱上
上下奔腾　奕奕
终究是　喜
起　再起

歌声　久违

引言　晨起，见群里的照片和感言，兴起提笔。

歌声　久违
让思绪
轮回
青葱岁月的沉醉
刻有印迹的
回味
丝丝　如涓涓细流
汇　在
一群　来自五湖四海
欢歌笑语
年轻的心
轻　醒
欢情　映

咕噜噜

引言 有感地底温泉的喷发。

咕噜噜　咕噜噜
地底深层的蠕动
舒缓　伺机
绽放于人间
展　惊奇的梦
如瞬间彩虹
惊诧人们的眼

砰　的一下
蹦出　升腾
直冲天空
一片云烟　上升上升
散发在

人们惊喜的欢呼声中
完成了　一个壮举

人类
听到了地底的声音
如梦初醒
凝
景心相韵

还是云

引言 这两天来回飞，视线里除了云还是云，多姿多彩，绚烂如幻，沁人心脾。

云浪云波
云旋云涡

云掀起　云坠落
云浪里翻花
云海里追逐
充斥眼帘的云展
一幕一幕
立体　炫酷
弥漫　仙雾

放眼　云天阔
天上人间

一样样的别致错落
机翼亲贴云朵
缓缓过
美　无法言说
苍茫世界
跃　抑或　越
天上一片片
棉花般的雪

幻

在天边　在眼前
炫
径直　走向
镜头的遥远
绿色树林
伴潺潺流水
雾　飘拂
婉转
声声轻唤
如梦如幻
浅蓝色
一片　诗意般
天瀚

无际　欣喜
捧着那份迷离
放飞
天上人间一回
不知　归
不言　悔
泪　划一道痕
飞蛾　奔
梵音　阵阵

还说霓裳*

引言 当听到精心准备多日的申报书不能上报时，心如刀绞。

又一次
心　被　割了
横切
血淋淋的　痛
晕厥
铺天盖地的雨啊
如山洪
摧毁了　精心
构筑的　梦
那一个字　一个字
敲打的
三十页
十六次修改　斟酌

*霓裳：光明的意思。

顷刻间
灰飞烟灭
绝啊
一次次
被否决
一次次
从头越
修行的栈道
沧桑
荡气回肠
还说　霓裳

记我儿时闺蜜

微微仰起头
张开双臂
视域里
满是由心向外的喜悦
纤柔的手　轻轻捧起
那金黄的银杏叶
越　再越

儿时的闺蜜
清风徐徐
从你家走到我家
每天我们来来回回
背着黄书包
你的成绩总是名列前茅

然后上不同的大学
你谈恋爱
随即远走　遥远的美利坚

越洋电话　你找到我
一个英伦　一个美国
我们互诉　多年久别的情愫

转眼又隔多年
我们在微信牵手　如愿
你美丽成熟
一名女医生　兼
业余模特
你的美　经久永恒

轻轻地　你捧起了那片黄叶
也捧起了　几十年
我们之间的思念
定格
让我绘制
你我儿时的憧憬
以及
今日平和开怀的心境

今日思怀

母亲
带我来到这个世界
从儿时的朗诵
到今遭
写诗呓语吟梦
翻过了　峻岭重重
总想腾起　总想飘逸
手里的笔
涂鸦　大千世界
在幻觉中的离奇
与　喜泣

漫步　漫漫步
在清凉的忧思湖
仰望　青云
思绪　随　雾蒙小路
飘移　不由己
一朵鲜艳的玫瑰

落　在　步履跋涉的累
蒙蒙雨　湿了潮红的脸颊
咿呀咿呀
绿叶唤醒了初夏
天边镶进了晚霞
恰恰　恰恰

回眸　再一次抖擞
天涯　明月
随手　写进
永恒的守候
不休　不休
捧起　红黄的落日
波光粼粼　霞光万道
恢宏的寓意
只叫人　低头谦卑
恭敬　默起　默默起
铭记　今日的恩喜

今日太阳愣没出来

浅粉浅蓝
一抹　初升
如少女般　稚嫩
慢慢　润开
如飞燕
淡　再淡
直至　成
一片蒙蒙
就此
拉上了帷幕

今日天晴

充盈的心
满溢的情
露珠剔透晶莹
清韵　轻行

旭日　印着光明
冉冉铺开壮阔的景
打破了
储蓄一夜的　宁

荷花池塘
半开半合
光影透视
一首虚实的　歌

欢乐　渗透
在清晨雾气弥漫的守候
往日的忧愁
随了水蒸气　悄悄溜走

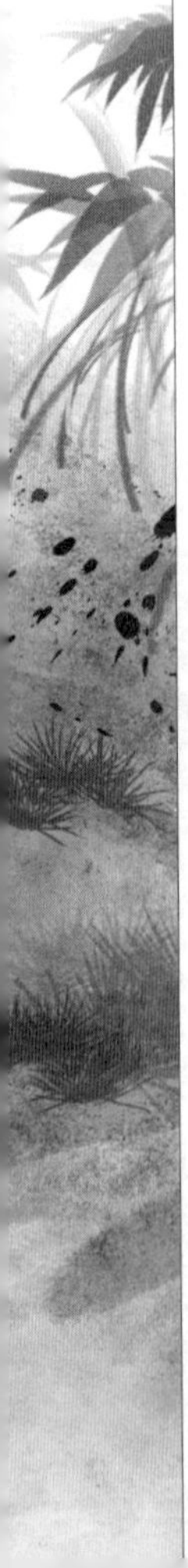

敬老院

远山　青云
轻　静静
心　缓行
默默沁印
那一片
墨绿的景
厚密的林

搀扶的脚步
慢　再慢
手　微微颤
腿　踱步迟缓
爱心
却在举手投足中
光芒　璀璨

老伴老伴
有一辈子相伴
也有　门对门
惺惺相惜
拉起手　搭上话
就是　彼此的伴
彼此相依的
亲唤
夕阳红日
余晖
深远　绚烂

静谧

红松挺拔
听涛
嗖嗖　不绝
心悦
小鸟轻轻
绿叶盈盈
光影
折射　泛嫩绿
层层景
大小树干
坚挺
冲着阳光
延伸
蝴蝶　飞飞
林之魂
心振心震

静爽

隔着纱　隔着窗
看到一个
充满生机　阳光明媚的
恬淡世界
清静轻盈

松鼠跳着荡着
从爬满藤的绿松
嗖地　蹿进
一片青草地
水仙花站立一排
伴着欢快的鸟语
轻轻摆

几把白色休闲椅
散落　在
房顶长着青苔的小屋前

白色小格窗
透着
由外到内的清新
唤起　心韵

屋里的油画
色彩斑斓
植物趴在框上
共同装饰
粉绿的墙　白色的窗
一片静爽

静水深流

遥远　无垠
绿草青青
天籁音落下的印
轻行
衬
天边余晖的景
成　一行行
上下飘拂的云
寻
空气中蕴含的
宁韵
一句又一句

河畔小雏菊
摇曳如轻曲

晃悠悠　晃悠悠
伴　鱼儿悠游
一对野鸭
大大小小
顺流　滑过
心舒　心阔
湍急的水流
也不得不
展示　表面的静秀
心随水流　永不休

经停

山也静　水也静
滚动的涟漪
也轻轻
优雅缓缓行
黑墨般的绵延
婉约中
红霞一抹　现
与环绕山间的雾
对舞

湖对岸的小屋
灯光　星星点点
秋叶在风中　吱吱吱

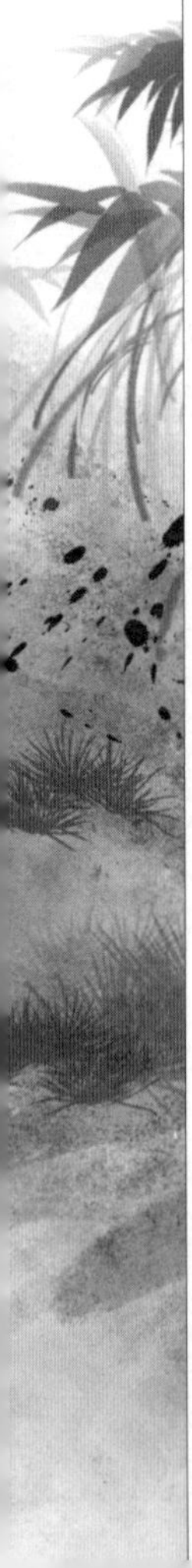

唤醒

山里的沉宁

弯曲的小道

印

脚步前行

一行行诗

如空中飘来的云

经停

径自前行

掀开窗帘
大雪纷飞
茫茫一片
亮了
视域里的千千回
纯白的飘逸
飘逸一颗　纯白的心
任天行
醒　抑或　不醒
径自前行

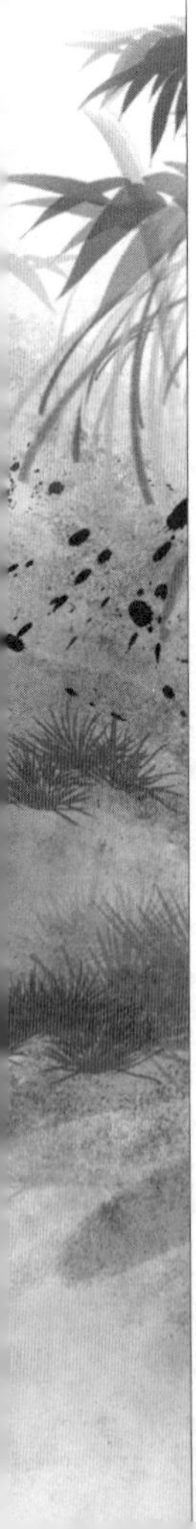

看不见摸不着的真实

是痴是执
笃信
看不见的真实
去忍受
摸不着的现世
永无终止
孤守
将忧愁　揉
揉　成
可弹奏的和声
清淡　清淡淡
一股清泉　喷涌
润干涸
渗　渗　进　地深层
利了大地
心　由衷　喜
不离不弃
尽天意
忘却　一己

看海

看海
心潮澎湃
层层白浪
纷至沓来
激荡　心海
开怀
广阔的海面
拉开了
眼帘和心帘
荡涤　污浊的漩

海平面升起的太阳
冉冉　缓缓
暖了一片
波光绵延
炫了　长久的思念
如清泉
心底升起　宏愿
眷眷　涓涓
潜　　虔

看照片

看着照片
想落泪
轻轻　抚摸
那张脸

笑颜
如　折射的光影　晃　晃
甩秋千　咣咣当
思念的话语
随那秋千
山这边　山那边
飘荡

捡起
随风走的
一段　愿
还是想
还是念念

终究是　缄

林中漫步

揣着新奇
带着喜意
踏上
原始森林的泥泞
高耸的红松
以挺拔的身姿
拉开数百年轮
成长的故事
娓娓　仙气迂回

小紫花开　恬淡淡
触目　爽心
飞一丝灵馨
润
眼的清亮
脑的清凉
小黄蜜蜂黏着花啊
温情别样
一种　轻　享
神驰　翱翔

那一汪湖水
缠着水草
依然　映
松的伟岸
粉红的俯瞰
心欢步缓
一张张照片
定格
在凉水的梦幻
红松璀璨

老姑娘

三个老姑娘
心怀梦想
手拉手
向着宽阔的大海
发出心底的“嗨”
美姿美情
印　梦幻般的海韵
放松　彻底的松
那一刹那
天挂彩虹
映衬　落日金红
大气　恢宏
听　远处轻吟
姑娘们
开启一段　心寻
冥冥　宁宁

灵犀

飘着飘着
灵犀碰着了
好欢喜
牵牵手吧
然后　一起嬉戏
腾起
奔向　远方的意欲
揣着　那份新奇
在淡绿弥漫的弯径
走向　心的旖旎
裹着　轻悄悄的话语
和　清风徐徐
洒　一串绵绵的诗句
粉粉点缀
散落的云丝　一缕缕
充盈　凝视远方的视域

缓缓　凝　成

明日的序

隐隐约约　飘起

刻　印

在

静静流淌的心

是安　是宁

每天工作的感受

细雨　轻风
石板路上
相逢
丝滑　湿润
牵游走的魂
走入　梦里的乾坤
叩　天地之门

静　静走
无声息
遗忘
他乡的哭泣
遨游　不休
任江河漂流
绵延恒久

执于心
无所住
甩出水袖
婉转起伏上下求
纹理结构
一针针　慢慢绣
穷理　深究

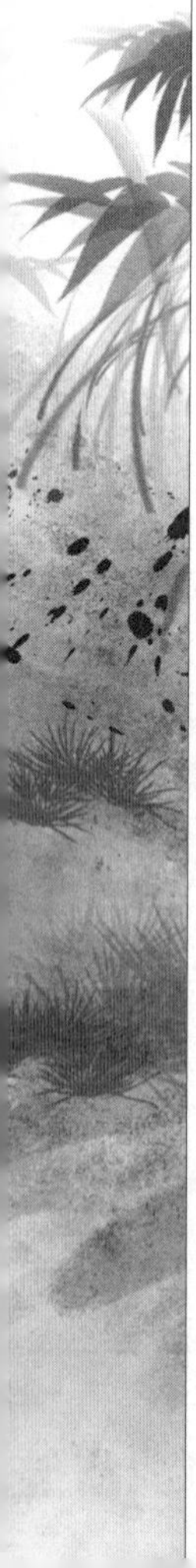

弥漫　梦幻

弥漫　梦幻
金色璀璨
纷纷飘落的淡黄叶
将世界
装扮得　纷呈
窕冶
成
无法错过的一页

踩着那份金黄
沉醉
诗意　如瀑布般
积攒
猛烈冲击
在山石间
寻　重重跌落的
炫　翩翩

定格　那一张张照片
惬意　欢喜
呼吸　漫天遍野的
红黄秋意
心　欢愉
泪　喜泣
大自然的神功
天地归一
人　顺意　静宜

那夜

那夜
疲惫的身躯
流淌出
欢乐的话语

旋转
如涟漪
一圈圈
缓缓　扩散

举杯的开怀
印
驰骋的塞外
依栏凭眺
远处
江山俊俏

放松的心情
宛如
天上飘浮的云
轻轻　宁宁

瞬间定格
笑容张开的刹那
如　清晨的鸟鸣
叽叽叽
将　大地唤醒

那一霎

引言 从飞机舷窗看天际初开的那一霎，震惊，记下了让人顿开的瞬间。

（一）

天边　狭长的一抹红
惊诧了
我的睡眼蒙眬
海浪般涌动的云朵
微白　淡紫
浩瀚　滚滚
衬
那艳魂
开启　天门
轻　无声

（二）

从纯蓝过渡到淡黄
天空

夹着初醒的梦
泛金灿灿的红
火一般的凝重

（三）
瞬间
云似山的白雪　蜿蜒
天似山的树林　静立
紫云浓浓
墨泼般装饰水墨天空
一条一道
调皮地映衬
蓝天的宁俏
月儿　抿着嘴
弯弯在顶空
轻轻笑

宁 盈

美　是心灵的沉静
静　如纯蓝纯蓝的
天
轻印
宁　淡
在深潭

远处的建筑
灰瓦红柱
池塘泛起的水草
凝
天上的景
脚步　缓行

绿树　将倒影
挂　在湖面
双面镜
照
天上人间
心　隐隐　盈盈

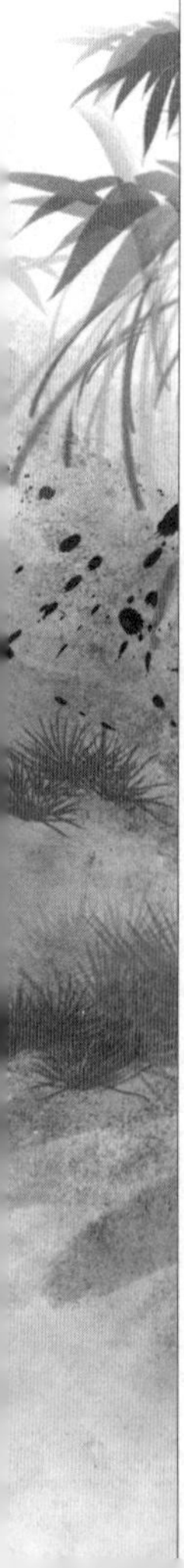

普林斯顿大学的玉兰花

由白到粉再到红
玉兰花　开遍了普林斯顿
一股灵气　仙气
飘荡　渗透
进　普林斯顿学子的心魂
醒目　耀眼　妖艳
硕大的树　累累的枝
坠满了　盛开的粉玉兰
花瓣一层又一层
开了又落
轻悄悄
铺满　树下一片
那鲜艳的花瓣啊
装饰着游客的梦
静静宁宁
依然粉嫩
依然纯真

噗噗噗的灵犀

画面
率性里闪出
耿耿
栩栩如生
真性情
印
巍峨的山岭
脚步声　噌噌噌
径直行
入云　沁韵
终是铭

云端里晃
几十年
恍若

一纸言
随风起　摇曳
随叶落　静默
握着手的心灵
穿越　雀跃
奇遇　醉溢
噗噗噗的灵犀
轻悄悄的话语

启程

背上行囊
心怀感伤
带上
上苍赐予的空荡
蹚
一片沼泽
疯长　深深的迷茫
没有卑亢

我上路了
灰暗的冷天
包裹着　炽热的心虔
刺骨的凉啊
我用双手
化了一条暖心的缘
念念
心与天牵

迈开的腿
在泥泞里
奋力甩开　疲惫
和　冬的轮回
想走进
意念中的春回
拉开
舞台厚厚的帷幕

天空的允

那是怎样的刺激与碰撞
历尽洪荒
从　心灵　直达　生理
皮肤颤抖
血液也黏稠
丝丝　细微　点点
融通了
银河终年闪亮的守候
凝眸
踏入　星光大道的
霓闪节奏
走　还是走
起鸡皮疙瘩的
一阵冷　似永恒
从身到灵
全方位　清醒　庆幸
终将　腾起　如云
追寻
应了　天空的允

祈愿

面对　您的神圣
我　发长愿
祈祷
用我心的真诚
能否　给我那一方枕
让我填满痴心
放松地
随心魂
走向　落日黄昏
带着人间的
斑斑痕痕

面对　您的神圣
我　泪流满面
前世的孽缘
今生一一还原
能否　给我余生
一点点回旋
让我燃尽

情在春风中的蔓延
在荒野
完成冥冥心愿

面对　您的神圣
我　只能低头索求
余生
奏　一段安稳的和弦
意牵情虔
让我自在　让我开怀
无拘束地铺展我的爱
任清清水的涟漪
散开
融化　在您博大的胸怀

面对　您的神圣
我唯有　垂首
任　白云悠悠
高山俊秀
我只祈求
给我一个完满的守候
再求

千千意欲

最深层　最清澈
那股深潭碧水哦
把我的脸颊　清凉透
明眸上挂的水珠
闪亮晶莹
剔透
甜甜　冰爽
顺　心　流
十指扣
在山的怀抱
敞开的峻岭
皓皓明月

起步　腾飞
向着　葱郁清宁的
山涧

寻

天人合一

呼吸转换　成流动的气

上扬

变

源源不绝的　诗句

笼罩

手指敲打的

千千　意欲

绵绵　心绪

亲亲我的爱

亲亲我的爱
一眨眼
飞出绵延的山脉
带着心的开怀
迈啊迈
随那飘逸的云丝
空中显自在

白沙山蜿蜒
碧绿水涟涟
倒影清清印
脚步慢慢行
听　倾听
天上飘来的音
冥冥沁润
地深层的安宁

亲亲我的爱

腾云般

飘出塞外

踏　漫天云朵

轻　轻行

至　充盈

醒　不醒不醒

清凉的韵

引言 时常想落泪，因感慨，因感伤，因感怀，因感恩。命运是个神奇的东西，人生路的曲折，谁也无法预测；崎岖路上的跋涉，泥泞里不知深浅，雨打在脸上，和汗交织，每走一步都要使出心力。过了狂风暴雨，便是清凉的绿径小道、绿叶绿水、绿草绿柳，静轻轻，一丝不染。心，涤荡；思，飞扬。

脚步随曲径
缓缓蜿蜿
静听
风舒缓　轻临
滑过脸颊
留一丝记忆的初夏
随池塘的荷花
轻摆摇曳
少了几许雨打芭蕉的音节
惬
轻　再轻
寻
内心深藏的　韵

秋叶

如地毯般
铺展
柔柔的
软软的
金黄一片
迷幻
闪
惹人心欢

秋叶呈黄
烂漫之幻
一丝忧伤　蕴含
垂首　轻弹
微风里
冷战　与叶残
飘零
山之峦

秋叶的风影

秋天　叶子都黄了
金灿灿
飘飞
在视域切换的场景
轻　轻行
一种飘浮的韵
弥漫
在林子深处的
层峦　心唤
慢　再慢
倾听
叶落的沁音
印　天上的云
一条小径
铺满金秋岁月
脚步

落下　嘎吱嘎吱
脆脆的叶鸣
苏醒
径行
寻　秋叶的风影
视线　飘　凝

人生之韵

引言 今天碰巧在阳光下看到自己的影子，光与影如此分明，构成了人生之韵。

因为阳光
所以黑暗
影子　瞬间　悠悠长
天上小飞机
地上嫩草地
火红的枝
衬　纯蓝的诗
一个孤影
左右摆晃
浸润　渗透
印　空
心　诵

日落黑云

血色黄昏
沉沉的幻梦
猩红
泼墨般的云
黑得妖冶
裹着　即将来临的夜幕
悄悄
似浓雾　笼罩
恍惚
看不透
那原本透亮的云丝　云絮
剧　上演了
昏昏　夜曲
是　拘

闭眼
心　轻轻许

如果可以任性

如果可以任性
你是否　选择
逆风飞翔
去寻找　真性　与
内心释放的野性

如果可以任性
你是否　放下
迷茫与苦想
去迎接
曙光中的抽象

如果可以任性
你是否　追逐
天边的太阳
让炙热
滚烫你的念想

如果可以任性
你是否　伸展
诗话里的梦幻
让牵手的温情
与　汹涌的浪韵　死死缠

如果有几天清净

如果　有几天清净
腾云
采几丝云絮
忘却
人间的词句

如果　有几天清净
踏浪
追逐　海豚的鳞光
丢弃
琐碎的匆忙

如果　有几天清净
交融
接受　灵犀的穿梭
放置
俗世的困惑

如果　有几天清净
化蝶
感受　双双起舞的烨烨
折叠
一钩弯月的郁结

舒坦

苏醒的清晨
鸟语欢声
踩着露水
将缤纷的花瓣　跟随
弯弯曲曲的小道
盛满　一片红
似　玛瑙
散落　婆娑

漫步　在纷纷扬扬的花海
呼吸也感慨
美的世界
是　心的跨越
纯粹的幻想
静静地徜徉
无恙　无恙
轻轻　飞享

思

引言 今晨下雨，赶紧起床关窗，而后阳光灿烂。

一阵秋雨
湿了倚窗飘起
粉红徐徐　的　帘
与　久远的思念

一阵清风
滑过林间　惹
红黄秋叶　坠落
铺一层金黄的心灼

一抹阳光
透心　亮了
屋里斑驳的画作
豁然思索

思念

思念
像饥饿的蚕
一口一口
咬着桑叶
将肚囊疯填
轻轻　留下
无数口齿印
撕裂般的奉倾
叶　早已无形
心　如远山高低岭
沉梦　难醒
亦难行

桑叶吃没了
远风吹起了
稻穗弯曲了
轻轻柔
枕

月亮高挂的深冷
思念
如潮水般
起了　落了
落了　又起了
无归无畏
千回　千千回

似甘露

似甘露
滴　到我的嘴边
似惊喜
飞　进我的眼帘
硕大的果实啊
落　入我的心田
如愿

仰头闭眼
接纳
从天而降的惊艳
顺着脸颊留下的
是我终身祈祷的
彩炫
绵绵　穿透了全身

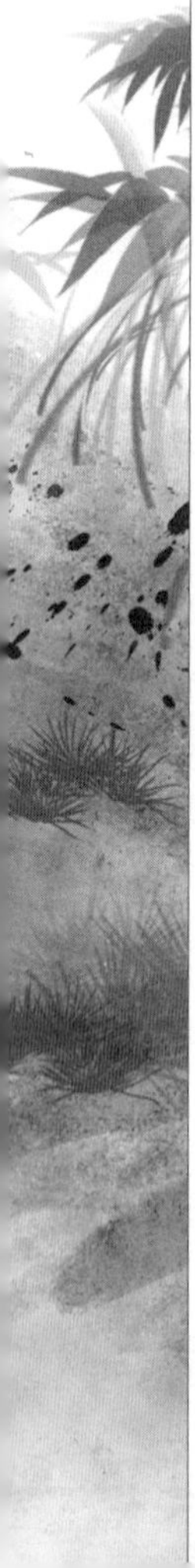

心安然

温情暖　意璀璨

精神同步

向往同筑

金色的秋叶啊

铺满了　霞光与喜悦

越　再跃

随梦悠游

从寒冬冻土
一步跨入
屋里的温度
暖　从手到心
绽放了
苦涩的情
交织的涩涩韵
一股暖流
滚烫成　山洪暴发的
倾
扑面而来
化了
冰冰凉的噩梦苏醒
迎来
轻轻白雪飘飞的
放晴
笑　凝成了盛开的景

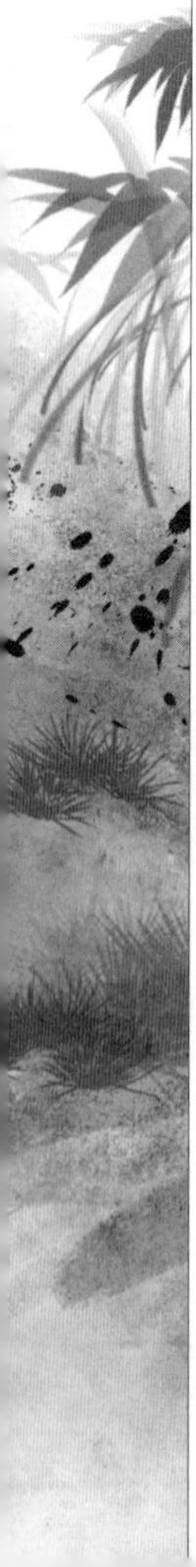

蜷曲
泪徐徐
无法撕裂的
眷念
闭上双眼
仿佛　将命锁定
祈愿　不再飘浮
飘浮如一片云
所有的心愿
铺展成
上天
明晃晃的光炫

那一瞬间
天地泯灭
唯有炙热的火
燃　扩　灼灼

延展广博
融为心的魂魄
彰显　宇宙初开的
波澜壮阔
手握　晶莹莹的梦
嫁接彩虹
絮絮垂柳
低头　舞水袖
跟随　梦悠游

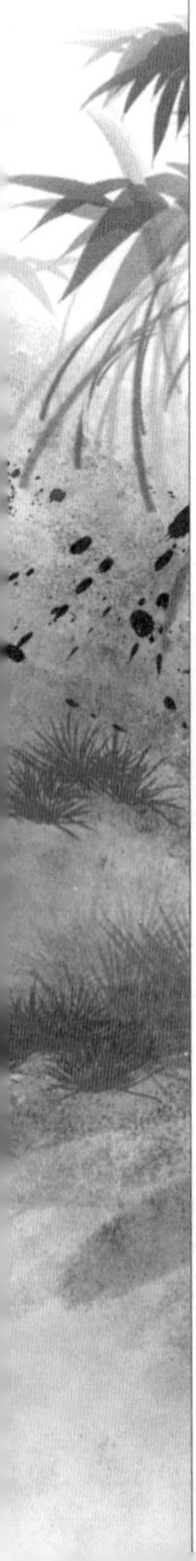

太阳

一跳一闪
灿灿
那粉嫩粉嫩的金红
带着光　明晃晃
招摇　笑　俏
一会儿躲在树枝后
冒出一个头
一会儿嵌在房框里
定格　双手合十叩
出场的一刹那
天　被霞光染　燃
你是光　你是阳
你是俯视人间
给予温暖的
太阳　我终极的幻想
跟着你
栖息　永逸

坦荡

心坦心荡
如草原茵茵
折射光的晃
走向　宽阔的心敞
心音轻吟
架接　远方的守望
抬眼
秋叶红黄
流水汤汤
疯长
一波又一波
稻穗低垂的金浪
如恍恍惚的长廊
悠畅

腾起

风徐徐
清凉干爽
凝眸
远方　秋色茫茫
红黄梦想
洒一片
纤细的念
弥漫　在空气中的呓语
还是徐徐

牵一串粉红的气球
飞　天上悠游
山川如此立体
如低头
看一个　沙盘的示意
寓意　起　息　息　起
一转身
风景下沉
不得不腾起
终是　翩翩飘逸的内喜

天空飘来的爱

天空飘来的爱
风中摇摆
成熟而不坠落
变得缄默
轻轻　兴兴

抬起头的恋
如一片金黄麦田
沉甸甸的收获
在折射的光影里
明晃闪烁

积攒了
几十页的轻言细语
一支小夜曲
在波浪般的旋律里
栖息　顺意

朝阳与落日的话语
点滴　激励
了却了　心的徜徉
阔步　迈向
梦的天堂

天上的白云

棉花般的软
软得让人馋
想躺　想抓一把
含在嘴里
又怕化

那么纯白
白得纯粹
纯粹到天边
连接　白浪般的心愿
云絮翩翩

衬着浅蓝的天
云山连绵
滚动的云浪啊
似　心里的炫
一波一波　晃眼

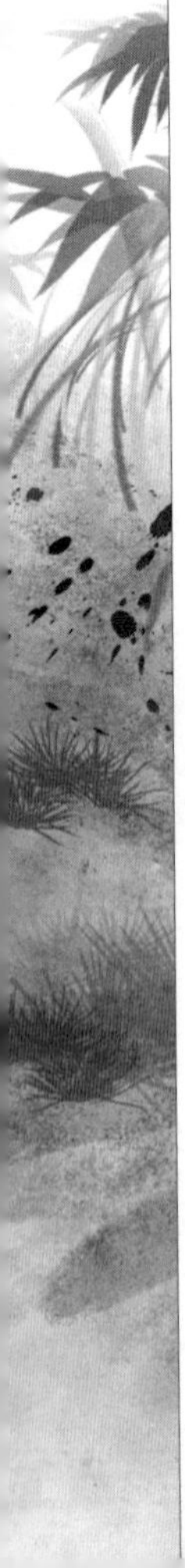

天吻

揣着
那个如幻般
日夜晃眼的
心印彩虹
从云端　到　山峦
咻溜溜地　串
轻唤
云水间　舞袖曼曼
荡起　一阵
爽爽的风
轻蒙蒙
手捧
落日余晖　金红
心怦怦

伴着秋意
绘　凝成的梦
刻　一道深痕
缓缓　低沉
天籁音　恰似
夜幕下
绵延山峰
此起彼伏的
悠魂
滚滚
缔造　乾坤
天吻

听雨

拉开窗帘
一片新绿
听雨
滴滴滴
撩起　阵阵春意
浅浅　描
细雨沥沥的
诗情画语
鸟欢鸣
奏　林中轻曲
深山　行
惬意　映

痛

隐隐的
发自内心的
不可名状的
痛
沉　下沉
无言亦无痕
掀起　感伤　阵阵

人生就是一段一段
完结了就又开始了
回头是叹
前瞻是颤
前世的债何时还完
心　何时能永恒舒缓
观　再观

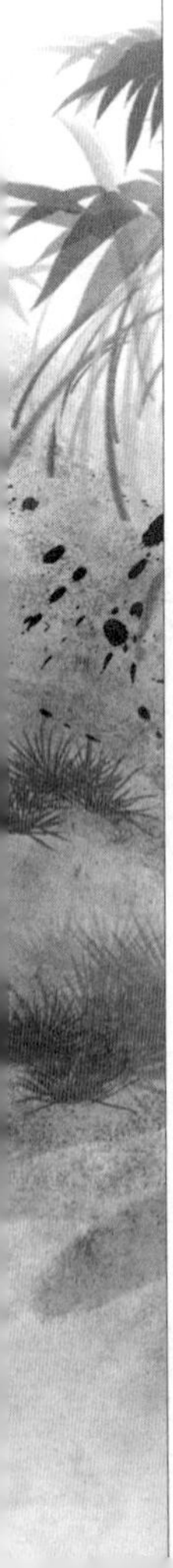

低头的忧愁
抬头的守候
一汪湖水剔透
印　山魂的游走
泼墨　磅礴
今生惑　来生阔
终是　挫了再挫

微醉

引言 清晨拉开窗帘，一片美得让人震撼的景色，不得不记下。

雾　轻轻
苏醒
笼　蒙蒙情
萌萌意
曙光　金灿灿
冉冉升起
透一片粉红的旖旎
云　摆出妖冶的舞姿
山峦　静静地服侍
河水清清宁宁
高耸的楼啊
带人入仙境
字字　印

我的爱

我的爱
是涌动的泉水
清澈　源源
流向
心之最

我的爱
是矗立的红松
苍劲　挺拔
伸向
梦之彩虹

我的爱
是巍峨的山脉
蜿蜒　绵绵
奔向
苍天之怀

我的爱
是红黄的太阳
灿烂　弥漫
投向
大地之天相

暖洋洋
我呀我的念想

我的深秋

我的深秋
如垂柳摇曳的水袖
各式红黄飘飞的落叶
是我心中斑斓的神惬

我的深秋
如春天般姹紫璀璨
绽放的花朵
是我心的复苏与广阔

我的深秋
找不到凋零的寒忧
苍劲的红松
是我执着期盼的彩虹

我的深秋
成就了
心的执拗
和低头迈步的
恒久

我走来

雨婆娑
叶摇曳
浑厚歌声牵魂魄
苍穹之音
广阔

我走来
踏着大地深沉的慷慨
沐浴夕阳金红的青睐
心之暖
迷幻

一页一页
翻开
精神栖息的塞外
如丝般的思绪啊
飘了过来

轻轻　落在
双眸　那样的明快
自在　开怀

屋里支起了一个花架

引言 屋里支了一个花架，摆上了几盆鲜艳盛开的花，色彩斑斓。顿时，屋里生机盎然，少了些许孤意。

静静欢欢
小屋　清新　怡然
艳红　姹紫
荡涤
白墙渗出的
忧郁心滞
盛开的花
如心底的画
敞开　上扬
流出　本真　像
生命之气
积聚　欢喜
苍天　允
大地　韫
轻　轻轻行
如五线谱上
弯弯曲曲的韵
坐看云起

无为无不为

心的平息
妥妥的
将翘盼的陨石
轻轻
落在　心的栖息地
怡　熠
悄无声息
吹出　蒲公英的花絮
在光影里
晃啊晃
如一只精灵
抓住了　飞起的心
天上行
冥冥　听命

闭上眼
了却了
心底的愿
手捧着
天上降下的绚

呼呼入睡

思维　也径直走向

无为　而无不为

甩手

抛出　念想的红丝线

绵绵黏黏

拴住了　天空的心愿

炫　还是炫

终是　心默默念

喜遇

漫步　荷花池塘
轻轻　不惊
夕阳笼罩的晚韵
一片清宁
如小夜曲
步履　缓行

绿叶如手掌般
撑开
眼前的虚幻
亭亭玉立的莲
绽放　纯净
如流淌的清泉
洁白　不沾一丝灰尘
神圣　映衬
晚霞般　壮丽西沉

山与山之间
冉冉升起
一个明晃晃的惊诧
月　硕大
在远处　在高位
熠熠生辉
举手示意
那瞬间的新奇
和　喜遇

心　蹦跳

心　蹦跳着
从这一端　到　那一端
捧　甘露
滴　神泉
款款　浸润
那心灵深处
永不凋零的
愿　缘
绵绵　黏黏
看不见　摸不着
却　活生生
牵着　心的蹦跶
在静谧遥远的天边
深深浅浅
刻下
一长串　弯弯曲曲

风吹雨打的

泪印

竟直行

恍若天上

永远飘浮的云

冥冥中的命

心动

那一阵风动
那一片云起
吹起了
落花的斑斓
和　璀璨
轻轻柔的湖水
用涟漪
手绘
云雾中飘移的妩媚
婉转迂回
熠熠生辉
嵌　艳红的花瓣
是欢　是唤
也是幻

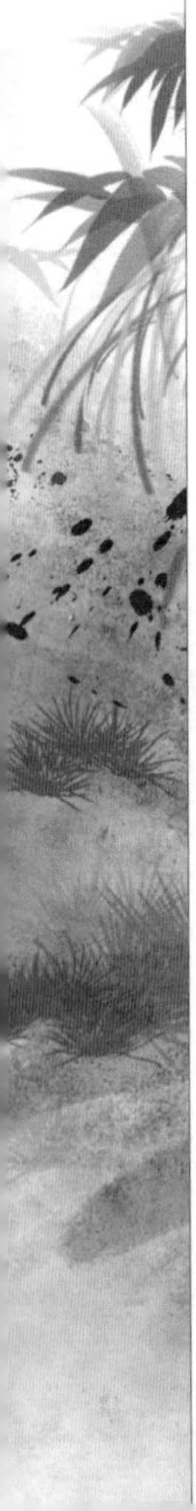

心嵌

云丝翩翩
那么绵绵
心嵌

笑　仰天
如愿
春梦　炫

天上云朵
洒落
丝丝　情烁

卷着荷叶
吹着芦苇
晃荡　荡晃

一首清唱
在湛蓝湖面　起

舒缓　悠扬

化成水的晶莹心
苏醒
留下　一串烙印

水灵　水影
定格
天降的那份情

韵　寻
命中之冥冥
祈　霞光照耀海水　粼粼

心念

萦绕　久久
满脑子　影子晃悠
远方轻唤
弥漫婉转
驶出一条船　扬帆

海里奔驰
浪尖上起誓
任狂风呼啸
仰天相拥　直面苍穹
心款款　梦见璀璨

牵了魂
一阵一阵
扯着
电闪雷动
漫山遍野　披挂彩虹

心翔

一片云海　茫茫
两只飞燕　徜徉
悠悠　清唱
衔一份念想
似　阳光折射的晃
飘荡　滚烫
轻轻滑落　进
油画拼成的框
定格
在　红黄纷呈的秋色
陶醉的渴

风四起
吹皱的湖水
裹着心唤
顺着绿中泛黄的芦苇
和金黄的稻穗
微微沉醉

倒　在天地接连的
余晖
几许回味
和追随
把仰视的苍天
手绘
心兑　情归

跨越　长江
踏进　积木搭成的想象
潺潺　缓缓
将思念
拆成　触手可及的
心缘
炫起来了　点点愿
在太阳园里
显　嵌
虔虔

晃悠的小桥
印　咯咯地畅笑
聆听　轻轻的湖水
滚动　阵阵声
彰显　混沌初开的深沉
自拍一张
苍穹　散发
闪亮炯炯
车轮的急驶
划过天际
上演　今世的故事
是始　也是执

心至

引言 当决定要好好修行时，有感。

刮掉
缠绕　魂　的绿锈
剥离
厚厚一层
腐烂枯朽的毒瘤
心　嗅

从容的恒温
积攒　生成
爱的势能
充盈　溢
弯弯曲曲的小径
心　吟

苏醒的太阳
暖洋洋

刹那的光芒
明晃
大地抖动　接光
心　旺

低头的冥思
抬头的审视
执着于　久久不能释怀的
那张白纸
终于　写下了一行字
心　至

心如云

引言 坐飞机，看得最多的是云，写得最多的是诗，想得最多的是心境，梦得最多的是空灵。

厚积的云
如堆积的雪
呈现　云朵朵
别致　错落

淡蓝的天
划一杠杠白云
相间的梦幻
闪　再闪

云棉般的海
层层　如沙浪
弯弯曲曲
绵延的云天剧

驰骋　羽翼翱翔
穿透
千里茫茫的心候
云丝般　悠游

绚

心　似远方
苍茫
如清晨的雨露和轻雾
蒙蒙
飘忽　婉转
点点　微颤
清水池里
荷花定禅
清艳高洁
展
一种绚烂

摘几片花瓣
泡出
丝润般的清甜
浮现
微风摇曳的婀娜渐变
弥漫　淡散
如幻　自观
点点耕
伴天空云彩飘拂的痕
抑或　魂

虚拟

天空飘游　驰骋
心的呼唤　声声
在黎明初开的清晨
依赖　开怀
倾诉的话语
如九曲十八弯
徐徐　迷离
心走出了　意拘
离不开
丝丝铭语

天运　降临
春雨　润心
仰天　长吸
远方飘来的绵柔语意
喜泣　不由己
腾空的意欲
飞起
穿越时空
秒记
轻呼吸的　冥冥虚拟

仰望

仰望　普林斯顿大学的天空
定格　那一瞬间的遐想
爱因斯坦铜像前
再一次　抬头　仰望
永远　向往

建筑　古朴　沉甸甸
学术氛围　弥漫　轻唤
学子们　徜徉　阔步
草地上
思考　与　勤劳
汗水　点点滴滴
终是　欣喜与不弃

天空为他们湛蓝
云朵为他们飘晃
空气飘洒清新
草地焕发新绿
花儿为他们开落
缤纷一片

姹紫嫣红
暖了心
润了情

普林斯顿　一个响亮的名字
记载了
一个游子向往的故事
与　长久的痴执
满满的享受
醉心的满足
那一刻　成　永驻

一首诗的展望

你有与生俱来的聪明
我有上苍赐予的灵韵
你说　你是一颗划破天际的流星
在我生命里短暂停驻
我挥手　完成一首诗的页下注
宛若黎明初开的晨露
润了　姹紫嫣红　一簇簇

清晨醒来的舒
带一路霞光
徐徐
消失于　远方的苍茫
相忘　相忘
人间自有沧桑
来日回首
各自不伤

终于　成就了
一首诗的展望
恍　晃

以同等的感受

以同等的感受
去接纳
电流穿透　心抽
浑身颤抖

仰头　跪苍天
接受
天　恩赐的
冥冥　心心连扣

了却
终日翘望
与
常年的低头守候

眼眸　流
秋月般的温柔
幽梦
如　长长的水袖

怡

挥毫　写意
笔尖游走的通灵大气
奔腾的话语
似　地深层的璀璨
徐徐　展展
如絮如幻
触摸到了心欢
阵阵波澜
哀怨　喜泣　至极
然后　散发
绵绵黏黏的　私语

飘　一行行
海水沙滩
交织缠绵的
璀璨诗意

留　一串串
蜿蜒脚步
相互随行的
软沙沁印

心　再起
透着心的鼓励
寻　冲上浪尖的
新奇和快意
终是　旖

熠熠

充盈时
满目都是阳光
内心的欢笑
在折射的光影里　晃荡
和着　清风
逛逛逛

走在凌晨
湿漉漉的青草地
踏着点点泥
挥洒一片欣喜
眸子流出的
是　七彩斑斓的心愉

悄悄思语
静静凝绪
将大地的惊奇
传送　给
布满朝霞的晨曦
远方一片熠熠　升起

樱花

粉白粉白的樱花
娇嫩纤柔
充满了眼眸
轻轻　粉粉　勾魂
一片一片　掠过
清清白白
也能彰显　雄壮之美
精准　刺透
内心的刹那温柔
飘飞　如风中的白燕
一阵一阵　惊魂
坠落
一层一层
沁了大地
柔了视域
终是　浸润　心魂

勇

天空飘来一团乌云
飞机穿巡
层层叠嶂的黑云群
摇晃
漆黑
几分钟　诡异徘徊
瞬间冲出
无畏　不昧
勇猛无悔

冲出来的时候
朵朵盛开的白云
在阳光下
是那么温顺　垂首
踏云韵
飘　迎　甩绸袖
滚滚
平缓　面向太阳的魂
清歌阵阵

游新疆赛里木湖

奔驰　穿越
天上走的感觉
伸手　就可以抓到
白皙怒放的云
赛里木湖水
以各种层次的绿蓝色
在如和田玉般洁白的波光中
变换色调
粼粼

远处青山徽墨　高耸
金黄的草地
衬
浅咖啡色的山脉
一条白纱巾
飞起
随那风
张扬　娇展

将纯粹
化在空中
渗进湖之梦

风　威猛　刺激
乌云紧随
雨点飘洒任意
多姿多彩的天空
将喜怒哀乐
展示　透彻
不打一丝折

黑白相间的云之间
露出
一条淡蓝天空的悠闲
青山泼墨
烟雨蒙蒙
云姑娘在山里绕着飘着

柔情清澈
山为之融化
在光的照耀下
云山一体
延伸到湖边
呈　一片金黄沙滩
阳光下　奕奕闪

游子心

我在向日葵的花海里
追逐　嬉戏
心　如云彩般　飘逸

天湛蓝　广阔
向着阳光的花朵
心　敞开就是收获

阳光下的笑声
阵阵　纯纯
心已醇醇

归来的游子啊
那么欢欣
那么尽兴

在祖国的怀抱里
自在到开怀
开怀到任性

祖露心声
挥舞心盛
刻　心痕

奉　母亲
倾　罄
游子心

玉兰花开

是惊　是喜
是诧异
纯纯的芬芳
释放
在蓝天中
摇摆　轻晃

心怡　欢愉
抓拍
那荡心的开怀
与　自在
和煦春风
拂　脸颊的幻梦

暖心　绽放
应了
持久的守望
阳光
也射出　恒暖的光芒
悠　悠长

雨

淅沥沥　淅沥沥
落在地上
殇
如哀怨女人
默默泣
一支忧曲
徐徐
惹人　郁

心如云
飘寻
翘望　远方
幻
疾驰的机翼
闪出
急　抑或　不急
都是　抑

步拘
心　噔噔起
拉起五彩幻旗
跨山河　越云岭
展
清凌凌的一道水印
晃出
命格中的运　心铭

雨描

湿漉漉的小路
雨点滴　滴
水仙花　冷风中摇曳
绿草坪也盛满了
雨的凄泣
一片灰蒙
硕大的树
向天空伸展
绿苔　一层层
撑　再撑
枯枝　嗖嗖冒出芽头
还是冷愁
路人的脚步
迈向
一片湿梦
尽在　蒙蒙雨中

云中行

翱翔时
轻盈的身躯
忘却了
大地的羁绊
飞再飞
朝　云层深处　行
携　一道清韵
冥冥　铭铭
印
云絮　丝丝
落下的精灵
追逐在草坪
睁眼　不想醒
心　倾
双手　上下舞动
运　运
那流淌的命
幻变　呈七彩
思　如云　追云

早樱

引言 记忆中的日本樱花，飘曳；自己的心情，也随那粉色的花瓣飘起，有言之不尽的感慨，想表达。

清清　明明
满目盛开的早樱
花瓣轻盈
飘曳
裹着粉粉的韵
寻
落下的　那一顷
是温是馨
还是　抖索的孤伶
行　再行
花落的思语
徐徐　一曲曲

嫩绿的草坪
铺展天上的云
绵绵柔柔
将飘曳的樱花
请
进　波浪般翻滚的
绿茵茵
阵阵香薰
入　远方的冥冥
大地　静悄悄
传送　灵犀
刻印　铭

致汉语教师志愿者

温馨　友情
弥漫　铺展
在远东
在那个美丽的临海校园
我们的心跃起
我们的手拉起
那份亲密
源于　共同的志趣

娓娓道来
十多年的坎坷
心的惦念　与
情的依依不舍
留任
就是最好的见证
和　爱的执着真诚
情深深　爱永恒

那个我眼里的小姑娘
小小的　轻轻的　腼腆的

第一次　上讲台
知道了学生顽皮的厉害
默默哭　脑发呆
资深教师温馨话语
善诱循循
信心　缓缓　如溪
终成渠
获　渔
喜泣

孔院的故事
轻轻流淌的诗
不经意间
润心田
美如湛蓝的海水
深邃
路人　醉

致巴基斯坦孔子学院教师

轻悄悄地走来
默默地点燃　自身
用所有能发出的光亮
照耀
那片蒙蒙的天
启蒙
那里人们
向往中国的想象

用文字
开启
华夏文化的传承
踏着丝路足迹
顺着玄奘的步履
让巴铁对中国的热爱

变成
能交流的实在

让语言
横穿
两个文明的　边界
相互的理解
如同　天上彩虹
美轮美奂
展　奇观

自在

静悄悄　静悄悄
唯有　小鸟叽叽叽
栖息
在　嫩绿的枝叶上
一起一落　一落一起
飞来飞去
自在欢喜

河里的野鸭
抖动着身躯
掀　一片涟漪
一跃而起
划一弧线

连接
天际的冥冥愿

远山　大石也沉静
观
世外清净景
心
缓缓
入境　沁音　轻轻行

中秋望月

引言 清晨起床，收到朋友们陆续而来的中秋问候，一张黛玉葬花图让我印象深刻，我写下此时此刻的感受。

中秋　望月
通亮　圆润
却也清冷
深深

天上嫦娥
在广袤的天空
寻一份寂寞　冷
绰绰

天下的人
终是愉　月饼寄托
心里的广阔
妥妥

葬花的黛玉
冷风　絮絮　郁郁

撒花瓣　在月下
孤伶

仰天祈允
让月圆的云韵
随天籁轻曲　降落
徐徐

终了那一句
喜　泣
跪祈
月圆的示意

追梦

梦是那么飘逸
梦是那么美妙
梦里轻起　摇曳
驰骋大地
俯瞰江河
梦里扶摇　直上
云里散步
捧星揽月
伸手抓一首
梦里的诗
暖暖情　绵绵意
云飘云汇　云散云坠
追梦
才是最真的现实

走

总有一种羁绊
是说不清的思患
如冰下流水
缓缓　还还

冰上的脚印
依然前行
用折射的阳光
穿透　久远的孤行

保持一种温度
让它永恒
哪怕行走于冰雪
也有纯净清新的愉悦

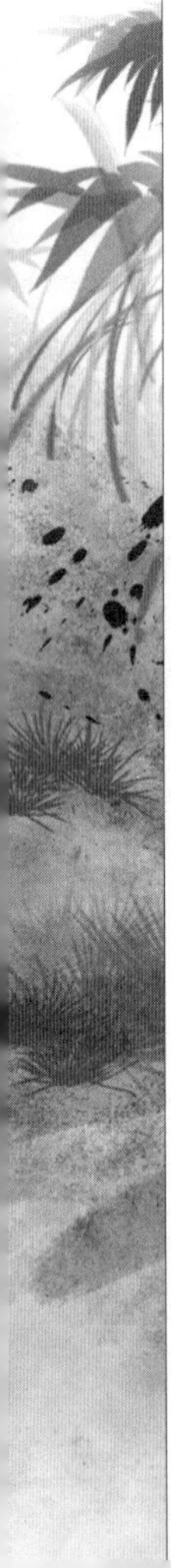

夜夜写　千千阕
为了那不能泯灭
低头的思忧
抬头的悠游

走　还是走
终止
黑暗里的无言守候
月牙如钩心如绸

第二部分

拾零

01

伤与不伤，在于心的感受。

02

轻轻地落泪，望天上彩虹，难以圆梦。

03

为何总是感觉隐隐的痛？因为日子不像天上的彩虹，我却总在梦！

04

我感觉到痛，一种见不到阳光的隐痛。

05

当决定把握当下，享受目前感受时，执着心没有了，连同那颗全心全意的关注和向往的心，都没有了。

06

人与人的认识是一种缘分，有些缘分长，认识了就是一辈子；有些缘分短，今天认识明天就成陌路人。长也好，短也罢，都是人生的场景，必须经历的，通通接受就好了。

07

人老了，更是要如大海般，纳百川而宠辱不惊。

08

做人要踏实，一步一个脚印是多么重要！

09

当你想得到时，首先记得给予。当你给予时，你要确信总有一天上苍会回报给你的。日月交替，周而复始。

10

心隐隐作痛是我最正常的状态。

11

当你写“亲亲我的爱”时，一定要想到还会有“彻彻我的痛”。有爱就有痛，这才是阴阳平衡。

12

日子，有时也是靠自己一天一天熬出来的。

13

在我什么都不想做的时候，我就去写诗，这样时间从不浪费。

14

大得配大舍，不得不舍。若想得，就想想自己有没有付出的意愿和能力。

15

你随便一个动作一句话语都能撬动我的灵魂。

16

提笔，把那瞬间的璀璨，轻轻变换，成纯色的天上俯瞰。

17

那颗明晃晃的心，疼却也沉。

18

墙上单调的嘀嗒声，回复了凄苦等待的无奈，无法开怀。

19

天上飘来，闪烁的旖旎，尽显惊奇。

20

放松再松，飘逸如彩虹。

21

印，很深，无法磨灭的沉。

22

太阳明晃晃，天地不再苍茫，信天游，永不休。

23

每个人心里都有一个自己的晴雨表。

24

遇事多想想别人的难处，心就豁达了。

25

人，少一些小聪明，会活得很轻松。

26

愉悦的心态是要靠自己慢慢修炼得来的。

27

情绪可以过山车，但不要分分钟过山车。

28

人一旦缺失什么，就特别在意什么，就无法再给予别人自己所缺乏的东西。

29

当自己的心胸敞开以后，是多么的愉悦和开心。能包容就是一种幸福，会包容就是一种福报。

30

在大喊口号的同时，也需要有行动有故事来证明自己与口号内容相符。这就要靠一步一个脚印去将口号做实，这样才会有人相信。“诚信”就是这样培养出来的。

31

通过学习和经验积累，去发现事物内在规律

性的东西，然后归纳成一个模式，这就是研究的根本。有时一时半会抓不出来，就需要坚持。

32

心与心之间是灵犀碰撞，不靠单方面抓。单方面想抓也是抓不到的。只要灵犀能产生碰撞，就总会在那，跑不了。

33

因为我太专注，一针扎下去，必须见血，我有一般人没有的“过”和“深”，所以有些表现和别人不一样，所以有时不得不面对“孤独”，久而久之，就喜欢上孤独。

34

人既然是来这个世界修行的，就应该一点一点修行到位。通过每件事情的经历和处理，来体现自己修行的深浅和完善程度。

35

看花的感受：清新很美，绽放很美，但残缺也美，坠落还是美。

36

被拒被拒，我依然在承受无数次投稿被拒。
坚持坚持，我永远都要坚持走自己认定的路。
距离距离，我就是要和周围一切保持距离。

37

走着走着，心突然一下颤动，眼前一亮，那鲜艳的花朵在微风中摇曳，一朵两朵，一串串，清新清心，映水中倒影，荷花也飘香，华南理工大学城校园的早晨。

38

其实人是可以塑造的，并不是柔软了就无法刚强，挺直了就无法曲身。环境造人，生存造人。比如我，吃饱了饭便想着要写诗，但时常，我还是要先解决吃饭问题的。如同参天大树一般，根扎得越深，越能挺拔参天。凡事有阴阳两面。

39

疗伤，如同在沙漠里孤独穿行，广袤无垠，把一颗活蹦乱跳的心，静静地用一个小网网住，再慢慢收，再收，直到那颗心停止了蠕动。这才完成了一次修行。

40

心静下来，就会思考感慨。大千世界，茫茫人海，人的灵魂却感到孤独，它一直寻，寻能与之碰撞的那一个灵犀。花开无数，朝霞万千，只寻那一朵，只要那一道。碰撞了，绽放了，生的希望就延续了。多么神奇，多么令人憧憬。今日雨中行。

41

露水，剔透晶莹闪亮，美得清澈，美得纯粹干净，但存活就那么一瞬间，太阳一出来，露水便消失了。饮一壶好茶，荡气回肠，赏心悦目，口齿留香，但几泡后，味道也渐渐淡了。这些都是常态。所以，该欣赏时及时欣赏，该享受时及时享受，过了这个季就不再花开。

42

真正的爱不是卿卿我我，也不是如胶似漆，真正的爱在于，矛盾的风尖上，谁愿意让一步；遇到对方一时的不可理喻，是否愿意包容忍让。能包容的爱才是大爱，真爱。哪怕自己受再大委屈，也要维系这份感情，也执着坚信这份感情，这才是真爱。

43

最美好的感觉就是能一起，一起思一起想，一起动脑筋做事情，哪怕是一起去经历艰难与挫折，只要心相通，就能彼此温暖，抵御寒冬。手牵手，面向大海，看太阳蹦跳着升起，一如我们冥想的惊喜。我们沐浴阳光，坚定向往。

44

晨起推开窗，发现雨后的清澈清爽直逼人心。南方的秋天，依然郁郁葱葱，经过雨水洗礼后的绿叶，那么翠那么嫩，那么清新那么悦目。经历了一整夜雨的荡涤，整个世界洗尽铅华，都变得清凉轻盈，如衣裳洗净了一般，散发着一股清香，透着一种舒适。被雨水洗净的路面，光滑明亮，积水处映着树的倒影，清亮唯美。人们就这样开启了美好的一天，心清净的一天，天天年年。

45

当一个女人不具备行走世界的能力时，她把希望寄托在男人身上，希望透过男人看到外面的世界。而一个行走在世界上的男人以为女人向他走来，是因为他能行走世界，其实不是的，女人要的是男人经历的外面世界而非这个男人本身。只有能共同行走的人才能懂得彼此，才不以交换为前提，才会知道，外面的世界很精彩，外面的世界很无奈。

46

近几天受蚊子困扰，蚊香、灭蚊水（片）、杀虫剂等，令人都快被熏晕过去了，蚊子依然嗡嗡起舞，打又打不着，赶又赶不走，让人实在是无可奈何。突然想到了空调的作用，开启空调，瞬间蚊子消失。这让我意识到，一对一无法解决问题时，间接方法也还是管用的，不在乎是否要消灭对方，不碍事就好。

47

不经意间，你（太阳）总是赫然闪现。通过抬头的一个微小窗口，行走的一片密林缝隙，你总是闪耀，闪耀里提示着温暖和上扬。一天的好心情，从你的升起开始。一天的辛勤，在你照耀下笃行。

48

是变化千万的太阳是活泼的、灵动的。初升的太阳，红黄相伴，还带有一层薄薄的粉白，粉嫩粉嫩的。今天出门感觉是阴天，以为见不到太阳了，没有想到，一拐到东边，就在我的左前方见到了远远向我招手的太阳，让我心头一喜。见到了，心就踏实了。而当我过了天桥，再看时，太阳竟然又跳到了我的右边，忽闪忽闪的，就像一个活泼可爱的小姑娘，跳着蹦着，一眨眼，她又躲了起来，让你看不到了，太阳和你捉迷藏逗你玩呢。如果你有一颗灵动的心，细腻地观察，就能感受到太阳的细微变化，极其美妙，暖心暖意。每天能见到初升活泼动感的太阳，是我的福分，我一天都是快乐的。

49

一般人们提到“阴生植物”，会认为是耐阴性强，在适度荫蔽下生长良好的植物，然而我看到了其另外一面，在树林里，阴生植物是可以茁壮的、硕大的，因为它们要参天！它们要争得一寸阳光，它们要靠自己努力生长去赢得阳光的一点点青睐。静谧的林子湿漉漉的，各种树木都在铆足了劲、屏住呼吸地向上生长，去获取那有可能争到的一丝丝光。这是一个有趣的现象，那些树木被界定为“阴生”，说明它们的生长环境就是长期少阳湿润，但事实上，它们却在努力争取每一缕阳光，哪里有阳光，它们就向哪里伸展。虽被界定为“阴生”，却从不放弃对阳光的渴求和向往。在林子里，我们可以看到很多这样的树，它们没有完全的笔直挺拔，因为它们为了追求阳光而不惜曲身斜身，牺牲了它们在人们眼里应有的特性。当一种东西被打上某一特性标签后，它的其他弱小不显著的特性是在疯狂地张扬和获取，只是因为外部环境的不允许以及自身特征的不显著而被忽略了，但是存在的，不可否认。

50

我的心又感觉到丝丝隐隐的疼，我经常会有这种感觉，些许沮丧，些许惆怅。生命很有限，自己要抓紧啊！苍茫是我经常看到的景象，伸手抓不到那香甜丝滑的空气，于是低头再低头，去感受自己的气息，去寻找自己的境遇。捡起落在泥土中的花瓣，那样鲜活楚楚动人，但也只能随风而逝了。风雨撕刮在脸上，模糊了双眼，湿透了全身，泥泞道上，唯有跋涉者坚持和不懈。一页一页的人生，翻过了彷徨与坚韧，便出现了让人欣喜的绿地，花朵的芳香惹蜜蜂环绕飞翔。风中摇曳的轻叶，捎来鸟语的喜悦。迎着落日的余晖，望磅礴壮观的金红，心再一次腾起，朝着太阳，飞去！去感受落日的恢宏，去记录云彩的韫红。

51

我的一生有多少劫，只有上苍清楚，我只能被动地等待被安排。劫来了挡不住，劫离开拦不住。我就这样用一生经历着，随劫而起，随劫而落。一次劫难，一次伤痕，身上的伤疤不计其数。伤痕累累却挡不住我腾空的冲动和速度。抓住了便快乐了，而只有在那腾起的瞬间，诗才会源源不断汹涌而来。记录我眼前的画面就是一首首灵动飘逸的诗。我的精神与情感都在我的诗里，唯有诗才能呈现那一瞬间的惊奇和美妙。

52

感觉很痛很痛的今天，也在工作中熬过来了。做了许多事，很值得。心痛是自己的一种感觉。一颗敏感的心，老是感觉心痛。只有工作，唯有工作，才能把我的注意力从痛中解救出来，让我专注于工作，让我忘却自哀自怜，放弃世俗的一切。让我那敏感的心轻轻宁宁，不受世俗变幻莫测的伤害，在微风中轻缓地摇曳。我来这个世俗一遭，是为了还债，是为了了却那些曾有过的劫。在这个世界上，我只能永远隐隐地痛，这痛将伴随我一生，我必须意识到，必须接纳，必须平和与忍受。

53

我喜欢我的指甲摸上去非常滑润舒服的感觉，于是我就随时带一把有小锉刀的指甲剪，摸着指甲好像有尖尖想冒出，有点凸显了，就用小锉刀磨磨，磨两下就好了。人生修行需要随时带一把审视自己言行的小锉刀，遇到哪里凸出，哪里有长犄角的预示，就用小锉刀及时磨掉，这样，自己感觉舒服，与人交往，别人也舒服。

54

当我每次需要给自己的背贴膏药时，我感到孤单无助，因为我总是感觉没贴准要害。今天医生嘱咐我要不时用红花油揉背部疼痛的地方，我就犯嘀咕，自己怎么揉。想到找学生来帮忙，但又觉得不合适。于是我不得不自己开始蘸着红花油揉背，慢慢地找准位置，揉，再揉，用劲，再用劲。我突然发现，自己在无助的时候，自助功能是强大的，手也是有力的。揉过之后，我顿时觉得轻松，也能甩手拉腿了。一个人不孤单，一个人可以很强大。无论是身体还是精神，一个人都能撑得起。撑起了，就有无限底气了。底气来自体内，就可以取之不尽。这就是一个人的世界。

55

我习惯于清晨散步，一个人在静谧的世界行走，有旭日相伴，空气也清新。此时的思想比较纯粹，各种遇到的人物事件浮现眼前。慢慢梳理慢慢消化，具象的事物开始抽象，进入思考层，琢磨着本质性的答案。

56

在一个地方待久了，就会有些倦怠感。所以人们常说，树挪死，人挪活。或许，是因为挪动导致了一种冲动，重新塑造的欲望再一次地激起，画笔在新的画布上又有了涂鸦的欲望，“追逐目标抓住机会”又一次被注射进大脑，张弛的活力再一次扬起帆，走向苍茫的大海，不问生死，不问得失，再次去面对惊涛骇浪，去感受生命中新的一轮挑战，从冲上浪尖的激昂到享受浪尖的癫狂，再到跌落浪尖的一轮淋漓酣畅。是战士就一定要走向战场，是绿树就一定要吸收水分，是苍生就一定要根植沃土沐浴阳光。

57

阴阳是对立的，彼此的形态和运作方式也是不一样的，但就是可以相互补充并转换。这个转换不是形式上的转换，是能量的转换，是事物平衡发展的需要。能否转换得好取决于事物本身，事物内在的协调和张合机制，而这个机制就是沟通、经常研究的过程。也是我们要说清楚的一种态势，一种变换的机理。

58

我理解阴阳是对立形式下的能量转换，所以叫“统一”。阴与阳处于平衡状态时，或者说，为达到一种平衡状态，各自所需是不一样的，阳之平衡的所需和阴之平衡的所需完全不同，运动的形式也不同，产生的结果更不同。但阴与阳密切相关，此消彼长，互为支撑互为结果。阳能支撑阴，阴能反辅阳。这是天地万物运行的根本。

59

一朵云飘，它驶向更大的一片云。它的速度很快，从两个角度急速向那大片云靠近。一步一步，终于一个尖尖角接触上了，又一个尖尖角触摸上了，然后全部交融。那朵云成了那片大云的补充延展。再看，再盯着看，那朵云根本没有停歇，它还在走，在那片大云里面游走，从刚接触到的边缘，走到了中间，继续走，这朵云在穿越，尽管有交集，尽管实现了既定的目标，但它没有停，它继续朝着自己的方向走。再看再看，终于，大片的云散了，那朵云也散了，散成一丝一丝的云絮。

60

风起了，吹来了一片叶，于是捡起，欣赏这片叶的红黄语意；雨来了，落下如丝般的轻愁，于是走进雨里，去感受被淋湿的绵绵如绸；彩虹出来了，荡漾起那一瞬间的欣喜，于是拍下那一神奇；冬雪来临了，有感于那一片苍茫，于是忘却了寒冷，兴致勃勃地踏雪，去感受踩雪时嘎吱嘎吱的心驰……生命就是这样，不断积累一段段人生印迹。上苍在冥冥中昭示，来了就来了。此时此刻，我在想，能不能让自己只感受顷刻间的轻松，而不去想遥远的虚空以及如何去实现那一空梦。能不能从世俗藩篱中挣脱而走向广袤的天空，去寻天边彩虹。生命中该发生的事情来临时，你能不去面对而去等候其他吗？生命中有多少时候是因为等候而成功？落下了一次，就落下了永远。生命中该来的就会来，来了就应该接受，接受就是对上天最好的回应。

61

黑夜，在一万米的高空，透过舷窗，看到惊诧，漫天的星星，大大小小，闪闪发光。让人兴奋，让人激动。平日里，几乎看不到星星。记得有一次，很认真地仰头看星星，却只看到两三颗略显孤独的小星星，衬着广袤的黑夜，让人不免觉得失落。此时此刻看到的，是一种震撼。大大小小的闪亮，让天空变得活泼起来，有了生机，有了灵气。一瞬间，我爱上了这布满星辰的黑夜，好似上演一场熠熠的明快轻曲，几小时前看黑云笼罩黄昏落日的心拘，顿开敞亮！黑夜也可以让人心怡，如果有漫天闪亮的星星，冲击你的视野，让你感到新奇。一路有星星相伴，便不觉孤独。天地万物皆有灵，能感受的心随时得福。

62

当我在天上飞的时候，我感觉安逸。从飞机的舷窗看出去，远处还有两架飞机同时在飞，云呈现出层次感，一簇簇，洁白；一丝丝，飘逸。天尽头，一片淡蓝，是那么纯净无瑕。我的心被浸染着，那些阻碍心情清宁的情绪慢慢淡化消失，我的思绪融入了这天空，随云丝轻轻飘缓缓摇。我的心也融进了那天上的蓝，纯再纯，静再静，远离尘世的喧嚣与嘈杂。进入真空世界，感受能触摸得到的真实与幻境。这是多么幸运。宁，是一种美的心境和意境。

63

今天感觉突然顿悟了！云开雾散了！我在追求什么，我在想什么做什么，上苍是一清二楚的。我只要顺天意就好，我不需要自己强加努力，硬是强加自己的意思，我拧不过天意，所以，不要瞎着急，也不要太有自己的想法，每天认真祈祷，然后顺从天意，就是最好的！是我的东西跑不掉，不是我的东西也抢不来。我就做自己该做的事吧，以平常心，以微微痛的感知，保持无盈无溢的状态，那就是最好的我。

今天我感觉又找回了自己。那种隐隐作痛的、无盈无溢的状态，对我来说是最真实最踏实的状态。冥冥中，一切交给上苍，为我安排好一切。我只须做好自己，我只须坚守自己的位置，我只须充满信心，我只须以天意行事，我就是做了最好的自己。

不要去追逐，不要去逆行，不要太任性，不要忘乎所以。上苍啊，今天我又见到了你，听到了你的旨意！我庆幸自己是个有福之人，我庆幸自己被上苍关照。努力做好自己吧，持续那一点点痛而不满的状态吧！

64

在与人交往的过程中，当你想去指责别人时，首先想一想自己的短板，是不是因为自己的问题造成了假象和误解。人们往往容易原谅自己，却对别人喋喋不休，其实自己的弱点，往往对别人已经造成了伤害，自己却浑然不知。

什么叫大气？大气如大海，是要能接纳并处理污垢的。永远把自己摆在最低的位置，展开双臂，能得到什么就是什么，不必计较，不必在意。在这条道上，我还有很长的路要走，要修炼。

修正调整自己需要极大的勇气和决心，以及持之以恒的坚定。看到自己深层次的问题后，学会坦然面对，多角度入手，慢慢调试修正。从心理上，要敢于正视；从行为上，要督促自己，要看到变化。

修正自己直到完美是多么不容易啊！有时候，不是世界不美好，是自己戴了灰色眼镜，灿烂阳光也暗淡下来。自从习惯于戴墨镜，灿烂阳光和湛蓝天空都暗了下来。原来色彩是可以人为调的，心情也如此。

我又活过来了，又开始追逐太阳。性情决定命运，远处心中，拈花微笑。我的俏是高山远眺与大海惊涛。

65

细想一下，周边的小说电视上，哪一个人的生活形态会被你向往呢？想来想去，还是觉得自己现在的生活状态是最好的。虽然不完美，但人生就是不完美的。我过着自认为满意的生活，我还有什么可抱怨的呢？

我知道，自己已经不知不觉过着一种自己满意，别人却不解的一种生活，但这种生活在我眼里是最好的。看看周围的人，几乎没有什么人的生活状态是我想要的。我甚至觉得很多人的生活状态在我眼里就是无法忍受，他们要花那么多时间去生活，他们有那么多的痛和磨难，我无法接受生活的琐碎，无法在生活上花费更多的时间和精力。我已经有点不食人间烟火了。

如果让我远离学生和学术，如果让我不思考，不掉几层皮的反复淬炼，我反而难受。我在和学生的互动中不断加深思考，不断打磨我们的论文。这里没有喧嚣，没有光环，只有深海里探游发掘。脑子里除了思考还是思考，其他的都是简单再简单，为了思考而配合存在着。

我竟然成了这样的人，不知不觉，心甘情愿，无怨无悔。想想自己现在的生活状态，孤独里有着一丝自我感觉良好的享乐，也是满足了。

人一旦真有了事业感，那是多么幸福的一件事！你日夜追寻的、梦寐以求的都是眼里的工作。为了它，茶饭不思，为了它，愿意舍弃一切。事业，如同恋人般牵肠挂肚，但事业是知恩图报的，你付出得多，得到的回报就多。事业，让人充实，让人自信，让人活着有底气。

66

上帝造物的世界，所有的因缘都是命定的，人被冥冥中安排着，左右着，面对命运，谁也没有办法，理解原谅是对自己对他人最好的解脱！忘却所有让自己难受的事情，永存感恩去面对去接纳，生命才能在命运中找到欣慰和圆满的感觉。

每个人一生有太多无法避开的痛，源自自身大脑心灵的痛没完没了、永无中止，就千万不要再彼此增添伤痛了。接受一切无法改变的事实，是对自己对他人最好的解脱和安慰。

人一定是有缺憾的，略微伤痛时，心最平静，最能俯视前瞻。放下一切纠结与焦虑，去接受！接受世间的不平，接受人与人之间太多的不完美，心平气和，拈花微笑。

67

这两天在巴基斯坦，看到的听到的都是耳目一新。我突然意识到，跨文化的交往首先要懂得对方期待什么，自己想要什么。要有给予的心态，要懂得舍得愿意给予，这样你会深入，会走向真实，得到真实，而真实就是我们研究者想得到的。跨越刻板印象，走向真实，需要自己一步一步脚踏实地去体验感受。

清晨走在路上，偶有几个路人，但看不到一位女性，会有人主动打招呼，“China！”这是他们脱口的话语。我高兴地回应。我一个中国女人在这里散步，没有丝毫的胆怯和不安，这就是我感受到的真实。

第三部分

随笔

白沙瓦

今天去了巴基斯坦靠近阿富汗边境的历史名城白沙瓦。这里曾是罗马、希腊、波斯、印度等多元文化的交汇地，玄奘也曾来过。说当年这里是一个文化熔炉也不过分。

可如今，白沙瓦伊斯兰教盛行，多元文化被单一文化取代，前些年甚至沦为塔利班组织出没的场所。最让我惊讶的是这里的女人，在街上行走，连眼睛都不露，如同中国传统结婚的盖头，蒙住整个头，只是在相当于眼睛部位开了几个小孔眼，能看见路就行，让我惊愕不止。

走在巴扎（集市）的小街道上，到处都是穿民族服饰的人，他们没见过中国人，看见我们，很惊讶并围观，当然也询问“中国人吗”，又说“中国人是我们的朋友”。若不是当地人带领真不敢来，也就不可能见识到这非常真实底层的，有历史美誉但现在看来比较落后的巴基斯坦城市了。

这里完全没有高楼，几幢设计比较优雅的房子已经陈旧不堪，仿佛即将倒塌，显示着有过的辉煌。在接近40摄氏度高温的大热天，充满着嘈杂，骡子车、小三轮车到处乱窜，男人女人都穿着长袖长裤，女人还蒙着头。人们惊讶地看着我们，不时露出友好的笑容。

我们参观了白沙瓦图书馆并对在那看书的人们进行了访谈，请他们谈谈他们对中巴经济走廊的看法。他们一致看好这个中巴合作发展项目。目前在巴基斯坦的教科书中都有了学“中巴经济走廊”的概念。也有被访者谈到，他看好这个项目，也在努力学习了解这方面的知识，但他以前从来没有见过中国人，语言相通才是彼此熟悉的基础，他们不懂汉语。我们了解到，整个图书馆没有中文书籍，尽管有介绍中国的一些书。

包容

在白沙瓦看到妇女这样蒙头时，我惊愕不止！这种穿着的女性还不止一两个，她们在巴扎闲逛。我看到一位女性蒙着头巾，透过眼罩的小孔来看物品，选择首饰。在博物馆的这张照片，这是显示这位妇女去首饰店打金首饰，她手里拿着小钱袋，悠闲地坐在那，等着那位男工匠为她打首饰。显示她们生活是悠闲的，有零花钱的，不是我们想象的被禁锢，被压迫。

再看看公园餐馆，一家人玩得吃得都很开心，家庭氛围很浓。这让我反思，自己的惊愕源于自己的认知，少见多怪。当我把这张照片给我访谈的那些巴基斯坦人看时，他们反应很平淡，这就是巴基斯坦妇女的服饰之一。这是一种文化，一种习俗。由于我从小受的教育，我完全无法接受，但作为一名多元文化使者，我要理解。这种服饰在我们眼里不可思议，甚至觉得可怕，但你不能下结论，判断那些妇女不幸福。

包容真的不容易，包容意味着不断扩大认知，不断反思自己的狭隘，并带有几丝不那么认同的观点去理解去接受你看到并经历的现实，即事实。

这就是包容。

父亲母亲

与一个人谈恋爱，谈得好，谈一辈子都是值的。这是我今天的感受。

人都是虚荣的，喜欢面上的、花哨的形式，比如异性的好感和仰慕，会让自己忘乎所以，扬扬自得，哪怕为了那样的虚荣去努力做些事情，也觉得值。那是年轻时的想法。当你到一定年龄后，你会觉得，浅表层的那些表白与欣赏，如过眼烟云，进不了别人的脑，也进不了你自己的心。最终，你还是不知道自己的感情能有多深，沉淀下来的感情是什么，是谁又能牵动你一生去感受去挖掘去珍惜。越是外表姣好的人，越难体会到深层的爱，因为他们习惯于得意于别人的爱慕眼光，这种虚荣的感觉让他们无法静下心来去深探爱情，去品味爱情的精髓。他们甚至不能意识到，爱原来是需要挖掘的，纵深探寻的爱才是至高无上的。

我的父亲是个美男子，他一生无论走到哪，爱慕的眼光一定比比皆是，所以，在我印象里，父亲对母亲的感觉是很一般的。父母彼此都爱在我面前抱怨，母亲的抱怨里含着对父亲的爱和委屈，但父亲对母亲的抱怨就是抱怨，我看不出其他。他们就这样过了一辈子，现在两人都过80岁了，这一两年里，但凡和父亲说话，他一定是由衷地赞扬母亲，他终于在暮年发现了一个爱了他一辈子的女人身上的光彩之处。父亲告诉我，他是幸运的，因为他找到这么一个好女人。母亲的坚强坚韧、吃苦耐劳、与时俱进的思想都让父亲佩服，父亲尤其看重母亲和他思想上的一致性，他们无论对自己的生活还是这个社会，都有一致的看法，这让父亲很满意。

听了父亲的话，我很感叹。即使是10年前，他都说不出这样的话，他对母亲的感觉都没有这样深。母亲也可以知足了，一个让她爱了一辈子的男人，最终认为她是最好的、最适合的女人。母亲用一辈子换来了这个结论。这不是那些当年爱慕父亲的女人可以得到的评价。这是母亲用一生的人品、坚韧和始终愿意前行的动力与思想赢得的。如龟兔赛跑，最终，帅气的父亲拜倒在母亲的石榴裙下，尽管此时此刻他们已经80多岁了，而且母亲的背已经直不起来了，但母亲思想的光辉在某种意义上还走到了父亲的前面，让父亲越来越折服，愈老愈觉得爱。比如，他们决定进养老院，他们决定过世后将遗体捐献。这些都是母亲首先想到的，然后父母达成一致意见。在父亲看来，这些重大决定非常正确也非常前卫，但这些都是母亲先想到的，父亲也只是跟随罢了。

他们的这段感情，深深地影响了我。让我明白，真爱必须是深层的，经得起时间考验的。浓浓的爱是需要时间来沉淀的。这种爱与外形无关，与甜言蜜语也无关。这是经历了人生洗礼和几许挫折后锻造出来的，是需要时间来打磨的。这种深层的感受与表面的一些东西有着天壤之别，真爱来自精神的相通，思想的融合，始终如一的保持一致性并共同前行。父亲和母亲终于修成了正果，他们是真正意义上的一对了，从精神上，他们融合了，为此，他们付出了60年的代价。

在父亲86岁时，他意识到这个跟他过了60年的女人是最好的，最适合他的，他当初的选择是绝对正确的，多么难得！

为我的父亲母亲祝福！

孤独之我见

孤独是自己的孤独，把发泄冲动化成理性，干了几件事，然后，还是孤独。疾速走在街道上，看过往的人群、喧嚣的车流、繁忙的都市、热闹的店铺，心还是孤独。谁也无法替代你的孤独，谁也无法消除你的孤独。你就是孤，你就是独，你就是想呐喊也只能对着自己内心狂吼的人。你是一个孤独的人。

山花烂漫与你无关，海誓山盟与你无缘，你只能固守孤独。仰望自己的星空，天空也孤独，星星也感觉凄冷。只有把孤独当成一个常态，你才能沉浸孤独，习惯孤独，最后，视而不见孤独。你就是长在荆棘上的舞者，在痛中狂舞，来解脱你感官的痛。你就算是峭壁上的绿芽，孤苦却还得继续生长，面向苍天，争一席阳光的照耀。

孤者，静吸天之灵气；独者，享受静谧之精华。虽苦虽痛，久之，也能忍受并习以为常了。

John Berry 教授

这些天和跨文化心理学著名大师John Berry教授合作写篇文章。这种感受太值得记载了。每天我走进办公室，就可以收读到Berry教授的邮件，于是我基于他的意见修改陈述，再凝练我的观点，在下班前发过去。第二天一早，准能又收到他的回信。这就是一个真正的学者和大师的勤奋和认真。

Berry教授有他著名的跨文化适应策略理论，我提出了我的视角和观点。我认为自己的视角和观点是对他现存理论的补充。去年他来我们学院讲学时，我直截了当地告诉了他，把我的文章给他看了。给他看时，我是有些矛盾的，既忐忑又自信。Berry教授看后马上认同我的观点，但他需要更多的思想和理论来解释。于是我提出能否一起写篇文章，他自己来梳理他的理论发展脉络，我再对此进行来自东方的补充和完善。大学者就是大学者，他爽快地答应了。于是我们开始了合作。合作很简单，就是邮件往来，你写你的，我写我的。但是我们彼此很清楚，最终我们是要把这完全不一样的思想镶嵌在一起，和而不同，相互补充，互为发展。我们的前提是彼此认同并接受，我们要做的是将这两个理论并存并一起发展。所以，我们没有观点上的冲突和说服，只是调理顺畅，使之相得益彰。

在和Berry教授合作的过程中，我学到的太多。他的认真让我甘拜下风（尽管我周围的人都“烦”我做事过于认真）。他认真梳理他的理论发展脉络，找出与我观点相近的要点。在这个过程中，我的思维被再一次理得有逻辑了，缜密了。“把话说清楚”，这是我意识到的差距。话说不清，道理讲不明，显然是思维不严密的表现，当然也和语言表达有关。汉语的表达方式时常需要读者去读字后面的意思，英文的表达却要求你写清楚每一步思路的进程和拐点，你想说什么要让读者一目了然。这样的学习过程是多么难得！在这个过程中，因专注而愉悦，因孤独而充实，紧紧纠缠且放不下的思考充满大脑，让人感觉做学问的过程其实也呈现一种折磨的美感。

然而，还是有一件事情让我觉得羞愧。我昨天完成了文章的再次修改并发给了Berry教授。我认为已经完成得很好了，非常自信地发了过去。没有想到，在昨天晚上就收到Berry教授的回复，他问我是不是发错文档了，因为我发过去的文档，他提的问题我没有回答。我很惊讶，难道自己发错了吗？今天早上来办公室，仔细看了看，没有发错。再认真对照Berry教授提出的问题，我才发现有些问题我的确没有回复。我只是回复了我认为重要的，竟然忽略了对几个问题的回复。

此时此刻，我心里非常难受。我犯了和学生一样的错。平时学生就是这样，丢三落四的，自己一点也意识不到。在Berry教授面前，我竟然也是这样。只能说，训练不到位，做学问的态度还是不严谨。现在我既能体会到学生的感受，又特别自责并充满了感激。我能在这个年纪通过这样的学习使自己进步，这是多么难得，感谢上苍，也感谢Berry教授。后续我会非常认真细致的，我一定要走到Berry教授的高度，才能和他一起发文章。为此，我努力。

七夕的叹息

七夕节，中国的情人节，这天的到来，让相亲相爱的男女们感觉兴奋并要团聚。翻翻百度上对七夕节的介绍，其实，七夕的爱情故事也有悲凉凄惨的，让人唏嘘不已。

一年一度，有情人才能相会。这是何等的痛苦和煎熬。太多关于七夕的故事没有让人振奋，而是让人感慨，爱是如此艰辛，相爱之路充满艰难险阻。即使这样，也只能一年一度，漫长的期盼远远超过了相见相欢的那一瞬，爱的人们在煎熬中度过，在爱的过程中吃苦修行。这就是人类七情六欲的悲哀，七夕的含义。

爱是不能挥霍的，所有的爱情故事都反复验证着一个真理，你必须付出很大代价才能获取你心仪的爱，爱是曲折短暂的，稍瞬即逝的。从科学的角度来看，大脑分泌一种叫多巴胺的神经传导物质，这种物质可以让人产生爱的感觉，也就是说，爱是多巴胺的作用，而多巴胺对情感的维持也是在有限时间内的。所以，在多巴胺使人产生爱的感觉时，要尽量享受，要抓住那一瞬间，不是随时随刻都能找到这种感觉的。因此，这更让我感觉到七夕的无助。

爱既然这么难熬痛苦，为什么人类都崇尚并永远追求着幸福的爱情？为什么爱情能成为人类几千年来永恒的主题？无数善男信女们为爱忠贞，宁死也要追求那一份执着的爱情。因为爱能带来一种无法言说的美妙感觉，甚至是意乱情迷。爱的那一瞬间，没有理性，没有道理，只有跃起，只有追随，那空中飘浮弥漫爱的绵绵云丝和阵阵清香，让你陶醉，并为之深深地沉醉。为了那一瞬间，哪怕当一只飞蛾，也要扑火前行。人类被这种感觉牵引，无法自拔。而七夕限定人们对“爱”的概念，一年才一度，爱的火焰如何能一年燃一次，自生自熄？爱就要熊熊燃烧，直至燃尽，那才彻骨，那才痛快。所以，一声叹息。

人类被爱的感觉牵引，被爱的形式制约。在有形与无形间穿行交织，融会贯通。人类就像蚁群一样，永远辛勤劳作着，寻找着一丝的机会，不断积累不断壮大，永远朝着既定目标，无数次，断了再续上，散了再重来。如此坚定执着，只因那一目标的美好，倾其所有，也要追寻。那种获得感是飘逸的、美妙的，是俗世间程序般的生活无法获取的，它使身体轻盈，大脑兴奋，体内的各个器官复活亢奋。人变得飘逸年轻，看世间万物都是青绿葱葱，万象更新，繁花似锦。恋爱的过程能让相爱的人特别懂得怜惜与关爱，其中都蕴含着美好和人类内心深处的向往和期盼。

在大家寄情并兴奋于七夕之时，我道出了一声叹息。

浅谈“心情”

心情是一种感觉，这种感觉基于周遭的环境、与人的相处、自我的认知、意想的结果，而出现上下频率般的波动。心情一定有好有坏，情绪一定有高有低。情绪高昂的时候，世界一切都是美好的，鲜花盛开，阳光灿烂；情绪低落的时候，世界一片灰暗，甚至狂风骤雨，让人觉得唏嘘惨淡。

心情如此任性，高低起伏如此随意。它制约着人，有时会直接将人拉入黑暗。如果不能随时随地保持开心的状态，那又怎么才能让人至少维持在不高不低的状态以达到起码的平衡呢？这似乎是一个千古难题，没有标准答案，没有统一题解。

就事论事的微观解决方法就是承认心情不好，但学会转移注意力，比如，走到户外享受新鲜空气，与朋友聊聊天，听听音乐等，去做另一件事以分散注意力。其方法无非是淡化“心情不好”这个事实。事实上，“心情不好”必定要经历一个过程，从“感觉不好”到“很不好”，到“情绪低谷”，然后“痛苦无法自拔”，往往要一段时间后才能慢慢缓过劲来。这个过程无疑是痛的，如手术疗伤一般。

我在想，如果我们能够从宏观上去把握心情，视野不断地扩大，见识不断地增长，认知度持续提升，包容心持续蔓延，将自己提起来，慢慢上升，随着高度的增加，视野越来越广阔，身处的周遭环境变得越来越大，结识的朋友越来越多元多样，这时人的认知和理解就会完全翻越过一个阻止心情愉悦的高度，看到更广袤的世界和形形色色的人，心情自然因多见而不怪了，极度下沉不可调适的时刻基本上就没有了。

这时候，包容心、理解心强大到可以自动给这个世界染上暖色。自觉地从正面和积极的一面去看待发生的一切，不指责不抱怨，内心充满“博爱”的阳光，心甘情愿地去做一些世人觉得“傻”的事情，平和地看待一切所谓的“不公平”，静静地接受该来的一切，默默地持续“给予”的行为和方式。不为别的，至少自己的心情好了，因大爱的纯粹而坦荡心怡。这时候，哪还有什么“心情不好”一说呢？

这是一个修身的过程，不妨试试。

诗者与学者

人们常常认为，写诗的人无论如何做不了学问，做学问的人也基本上无法写诗（偶尔遇到几个特例）。其实这种说法是没有悟到诗者和学者的相通之处。本人依据做学问的几个步骤（文献阅读、问题提出、数据收集与分析、模型建构等）来阐述诗者与学者的内在关联性和一致性。

【文献阅读】做学问首先讲求文献阅读，其实，写诗也有相似之处。诗者的文献阅读是广泛的，也是每天都在进行的，只是没有针对一个确定的主题。

【问题提出】做学问一定要在基于文献的基础上提出研究问题，而诗者提笔时，要写什么已经非常清楚了，这就是学问中要解决的问题。

【研究数据】什么是诗的数据，诗者基于什么来写某一首诗，是能触动诗人灵感的东西。这个灵感或许是心的灵动，也就是我们说的“怦然心动”，或许是基于现实发生了事情。比如，两人的互动，你来我往，比较有意思的，能打动诗人的，自然而然就成了诗人写诗的基础（数据）。诗者和学者一样，也讲求保存数据，基于数据看诗（结论）。

【模型建构】诗者基于这些事实，就可以在脑子里建构一幅画面，这个画面是动感的，栩栩如生的，而且这个画面不仅仅是平面的，而时常是立体交织的，古今中外，天地之间，山河并驾，风花雪月，能想多远是多远。诗人是能想象的，但无论怎么想象，主题是不变的，想表达的也在其中。而学者呢，学者不需要想象吗？学者也需要想象，只是学者的想象更拘泥于数据，更依托数据。所以诗人会给人感觉更洒脱，更飘逸。学者讲究理论建构，诗人讲究画面建构。

【表达方式】诗者的表达讲求含蓄，在选字用词方面侧重音韵，学者的表达讲求清晰直白，言之有据，这是二者在表达形式上的区别。

所以，诗者和学者之间是可以互通的，只是找到相通之门的人不多。如果诗者和学者都能相通相连，哪个事物哪件事情没有内在关联呢？只是我们要学会找到其内在关联要素，通过层层表面，看到最深层最一致的那个点那个面。

天上与地下

我闲暇时爱幻想，将具体琐碎的生活意象化，然后记录成诗。幻想时，人是飘起来的，将现实生活中的繁杂全部滤掉，戴上有色镜，只见纯粹的美好、世界的单纯和鲜花的清香。我经常对自己能奋力搏起而感到满意，也为自己总是如小姑娘般天真简单感觉良好。崇尚形而上的思维，一辈子傻傻地走到了今天。我的朋友读了我的诗，形容我是“云中执鞭人”，我挺得意。

因中巴经济走廊，我认识了这位称我为“云中执鞭人”的朋友。这位朋友曾去过巴基斯坦两百多次，两百多次是什么概念啊！提到巴基斯坦，从精英到贫民，从政府到宗派，他都能讲出很多精彩故事。在中巴经济走廊合作建设问题上，他提倡“民生先行”，带着中国的救援物质，去帮助巴基斯坦贫穷地区的老百姓。让中巴经济走廊建设不仅仅停留在政府层面、精英层面，他要让老百姓感受到中巴经济走廊合作建设所带来的实惠，以此显示鲜活的“中国故事”。这位我景仰的朋友也曾经带260

辆汽车的庞大车队，从喀什出发，穿过中巴经济走廊，到瓜达尔港，实现中国首次真正意义上的“开通走廊”。

这是个在地上行走的人，走得稳，走得踏实。他一步一步，走得深入，走得彻底。昨天幸运地与这位朋友在伊斯兰堡遇见，并且见到他的女儿。我和他女儿聊天，问“随爸爸出来啊？”我万万没有想到，他女儿告诉我，她在巴基斯坦留学，学巴基斯坦的乌尔都语是她自己选择的。学乌尔都语又是一个什么概念，那就意味着这辈子和巴基斯坦打交道。

她父亲在未曾有“中巴经济走廊”这个概念时就几十年行走于此，如今女儿继续深行，从赴巴基斯坦学语言开始，打下未来牢固的地基，可以预见未来会比她父亲还要走得深入走得彻底！而去巴基斯坦留学，对于我这个“飘”着的人来说，感觉是多么不可思议，在这样一个贫穷落后、动荡不安且伊斯兰教盛行的国家。这位小姑娘顿时赢得了我的好感与敬佩！

这是接地气的人，懂得深耕的人，是踏踏实实的人。我突然意识到，做人偶尔“飘”一下可以，脚踏实地，往地深层走，才是真实厚重和博大的。

做人要像勿忘我

两个星期前，我买了一大把叫“勿忘我”的花，拿回家后，开始剪枝插瓶。勿忘我花色不艳丽，一小簇一小簇的，粉、紫、黄三色倒也清新清爽。勿忘我可以风干成干花。于是除了插花，我还做了两把准备风干的勿忘我。在做的过程中，一些细碎的花瓣落了下来，于是我就把这些碎花放在一个小盘里。

两个星期过去了，中间换过一次水，插在花瓶的枝开始发黑，看来是寿终正寝了。准备弃之时，我惊讶地发现，那些勿忘我花瓣却是完好的，而且已经成了一簇一簇的小干花。我不忍心扔掉这些勿忘我，它们用自己的色彩和鲜活提醒着我，不要丢弃它们。于是我将这些小花簇从枝上一一剪了下来，和先前的碎花一起，用一个盘子装了起来，它们依然美丽清新，虽不艳但爽目。既然成干花了，就可以长时间伴随我了。那两把风干的勿忘我也完全风干好了，成了两把漂亮长存的干花。

做人要像勿忘我！哪怕枝已完全腐烂，花依然不败！而且随着时间的推移，从鲜花自然成为干花，永存在人们的视野里，成为真正意义的“勿忘我”。花枝都无法支撑的永远绽放，这是多么神奇、多么令人震惊！我心里对这些花瓣说：还真忘不了你！因为你的坚韧，你选择不凋谢的成活方式，你永恒的清新和不扎眼的静美！恒久的美远比那瞬间的炫美更能让人记住，让人喜欢，不是吗？

深度专注

深度专注，是我最近感受到的一个词。人很容易不专注，视线从东到西、从南到北。面上的，浅尝辄止的，很容易受人青睐。似乎什么都尝试过，什么都知道，却没有一处扎下根。横向付出得多了，就走不进纵向了。这样的人，他的乐趣很广但很浅，他没有办法去感受并体会纵向深入的感觉，也就是我说的深度专注。

我越来越喜欢深度专注。不是随时随刻都可以深度专注的，它需要契机，但一旦开启了深度专注的阀门，你只有一门心思了。你全神贯注，一心一意。你感觉热血沸腾，你停不下来地奔跑，使出全身的力。你静静地寻脉搏，缓缓地观察血液弯曲地流淌，细细记录，从主动脉到最后的毛细血管。你沉浸其中，忘却了周遭。你发现了一个新奇，又乐此不疲，顺着此道捕捉新的新奇，一步一步，你走到了地深层。那种不断发现的愉悦刺激着你的感官，让你兴奋，让你持续。那样的快感，是全身心的，渗透到精神情感的每个部分。那种快乐，堪比巅峰上摇曳，美轮美奂，极具快感。你停不下来，你径直往里走，不顾周遭的异样，不理旁人的不解。

这种感觉，一般人感受不到。人们只习惯了面上的微醺状态，就以为到了天堂。随便爬几步坡，就以为是登高望远了。人们喜欢尝新更换，更喜欢花里胡哨，他们的感官刺激太浅太面上。不懂得走到地深层，去观亿万年沧桑巨变的熔岩地貌；不知道走进崇山峻岭，去寻峭壁奇石承载的百万年轮。

人只有深度专注，才能有所作为，才能独立于这个世界而不被遗弃。不随波逐流，具备自己独立的思想并敢于独自前行，才是最璀璨的色彩。

认知

和儿子对话是一种认知的学习和提升。

我告诉儿子我听到的一个故事，一个女孩直到出国后才知道原来自己每天用的马桶是要清洗的。这个女孩诧异地告诉她的父母，“原来马桶是需要做清洁的”。给我讲故事的人与我这个听故事的人，反应都是这个女孩的父母太娇惯孩子了，竟然连这个都不教。然而，当我把这个故事讲给儿子听时，90后的儿子反应远不像我那么惊讶和夸张。儿子说，这也很正常了，社会在进化，说不定哪一天真不需要人来清洗马桶了呢。很多年前，为了吃才耕种，完全是自给自足，现在是为了商业（利益与流通）才种植，观念就改变了嘛。显然，儿子是可以接受这样一个现象和事实的。

儿子随口一句话，突然拓展了我的认知。为什么总是习惯于用自己的价值观去判断别人呢？这种判断里多少有着责怪和批判。这时候会想到自己时常提到的“包容”一词，“包容”是多么不容易，它意味着打破自己原有的认知，并拓宽自己固有的认知，心平气和地理解并接纳。这个过程，也是自己大脑思维拓展并不断进化提升的过程。

终于明白了，自己的认知、自己的习惯、自己的标准，都不能用来判断他人，更不能指望别人和你一模一样。万紫千红才是春，每朵花都有自己绽放和凋谢的形态和方式，所以才有千姿百态，世界也因此而多元并精彩。承认自己是其中之一，接纳各种不一样，需要勇气和海一般宽阔的胸怀。

今天是母亲节

今天是母亲节，我没有什么感觉，至少没有教师节的感觉来得深切。但我是一位母亲，一位不是特别称职的母亲。儿子是在没有任何计划下怀上的，产假没休完，我就上班了，因为学校的课是一学期一学期的，我不想耽误，不想中途插入。

儿子不到两岁，就被送进了幼儿园的托儿班。从托儿班到小班，他总是第一个到幼儿园的，因为我送完了他，还要赶去上第一节课。时常，我送他到幼儿园时，老师还没有到，我就把他放在教室门口，挥挥手，我就走了。儿子目送着我，不吵不闹。那时候，也不怕孩子会丢，很放心地放在班门口。下午再去接。

儿子3岁，我出国，作为访问学者一年。他去爷爷奶奶那上幼儿园。一年后，我拿到雷丁大学奖学金攻读博士学位，儿子来到我父母身边，一待就是3年多，从幼儿园到小学二年级。

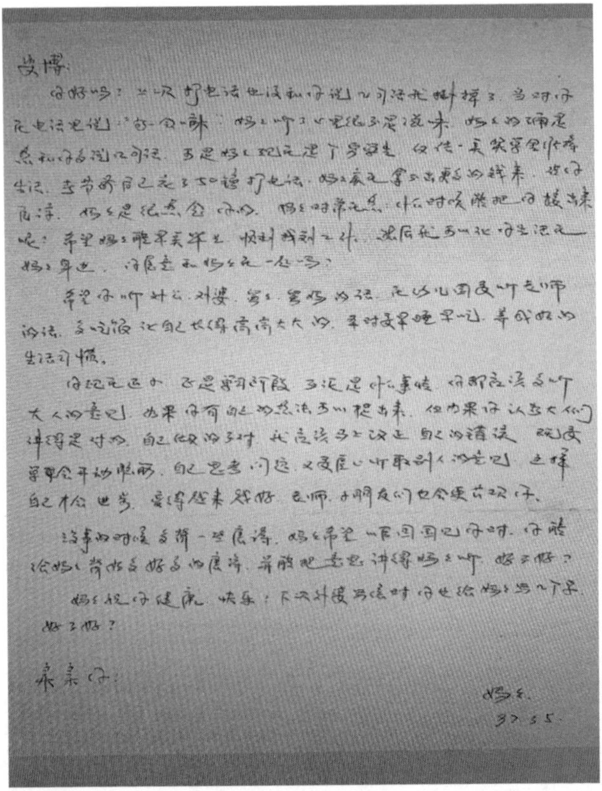

安博：

你好吗？上次打电话也没和你说几句话就挂掉了，当时你在电话里说：“等一会嘛。”妈妈听了心里很不是滋味。妈妈的确是想和你多说几句话。可是妈妈现在是个穷学生，仅靠一点奖学金维持生活，春节前后已花了50镑打电话，妈妈实在拿不出更多的钱来，请你原谅。妈妈是很想念你的。妈妈时常在想：什么时候能把你接出来呢？希望妈妈能早点毕业，顺利找到工作，然后就可以让你生活在妈妈身边。你愿意和妈妈在一起吗?

希望你听外公、外婆、舅舅、舅妈的话，在幼儿园要听老师的话。多吃饭，让自己长得高高大大的。平时要早睡早起，养成好的生活习惯。

你现在还小，正是学习阶段，不论是什么事情，你都应该多听听大人的意见。如果你有自己的想法可以提出来，但如果你认为大人们讲得是对的，自己做得不对，就应该马上改正自己的错误。既要学会开动脑筋，自己思考问题，又要虚心听取别人的意见。这样自己才会进步，变得越来越好。老师、小朋友们也会更喜欢你。

没事的时候多背一些唐诗，妈妈希望以后回国见你时，你能给妈妈背好多好多的唐诗，并能把意思讲给妈妈听，好不好?

妈妈祝你健康、快乐！下次外婆写信时你也给妈妈写几个字，好不好?

亲亲你!

妈妈

1997年3月5日

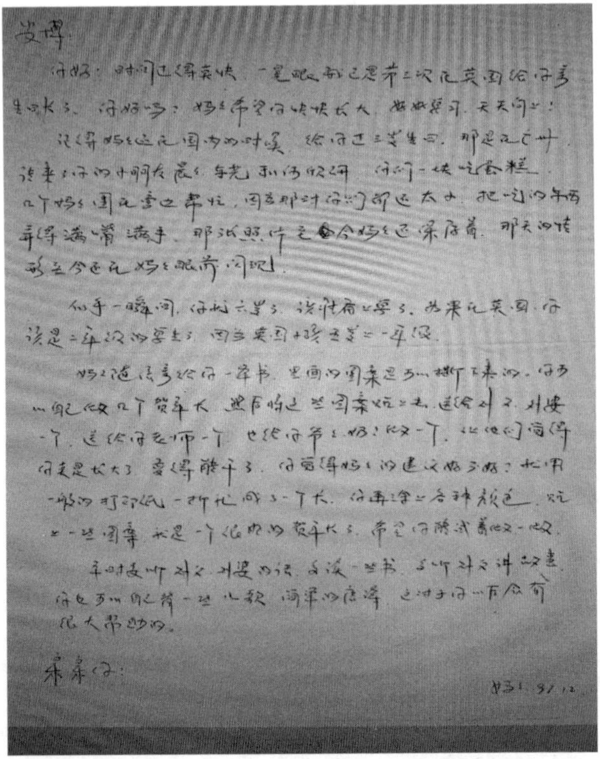

安博：

你好！时间过得真快，一晃眼我已是第三次在英国给你寄生日卡了。你好吗？妈妈希望你快快长大，好好学习，天天向上！

记得妈妈还在国内的时候，给你过三岁生日，那是在广州。请来了你的好朋友晨晨、与冬尧、何欣妍。你们一块吃蛋糕，几个妈妈围在旁边，因为那时你们都还太小，把一包的蛋糕弄得满嘴满手。那张照片至今妈妈还保存着。那天的情形至今还在妈妈眼前闪现。

似乎一瞬间，你就六岁了，该读书上学了。如果在英国，你该是二年级的学生了，因为英国小孩五岁上一年级。

妈妈随信寄给你一本书，里面的图案是可以撕下来的，你可以自己做几个贺年卡，然后将这些图案贴上去，送给外公外婆一个，送给你老师一个，也给你爷爷奶奶做一个。让他们觉得你真是长大了，变得能干了。你要记得妈妈的建议哦。好好地把用一般的打印纸一折，就成了一个卡片，你再涂上各种颜色，贴上一些图案，就是一个很好的贺年卡了。希望你能试着做一做。

平时要听外公外婆的话，多读一些书，多听外公讲故事。你也可以自己背一些儿歌，简单的唐诗，这对于你以后会有很大帮助的。

亲亲你！

妈妈

安博：

你好！时间过得真快，一晃眼我已是第三次在英国给你寄生日卡了，你好吗？妈妈希望你快快长大。

记得妈妈还在国内的时候，给你过三岁生日，那是在广州。请来了你的好朋友晨晨，与冬尧、何欣妍。你们一块吃蛋糕，几个妈妈围在旁边帮忙，因为那时你们都还太小，把吃的东西弄得满嘴满手，那张照片至今妈妈还保存着。那天的情形至今还在妈妈眼前闪现。似乎一瞬间，你就六岁了，该准备上学了。如果在英国，你该是二年级的学生了，因为英国小孩五岁上一年级。

妈妈随信寄给你一本书，里面的图案是可以撕下来的，你可以自己做几个贺年卡，然后将这些图案贴上去，送给外公、外婆一个，送给你老师一个，也给你爷爷、奶奶做一个，让他们觉得你真是长大了，变得能干了。你觉得妈妈的建议好不好？就用一般的打印纸一折就成了一个卡。你再涂上各种颜色，贴上一些图案，就是一个很好的贺年卡了。希望你能试着做一做。

平时要听外公、外婆的话，多读一些书，多听外公讲故事。你也可以自己背一些儿歌，简单的唐诗，这对于你以后会有很大帮助的。

亲亲你！

妈妈

1997年12月

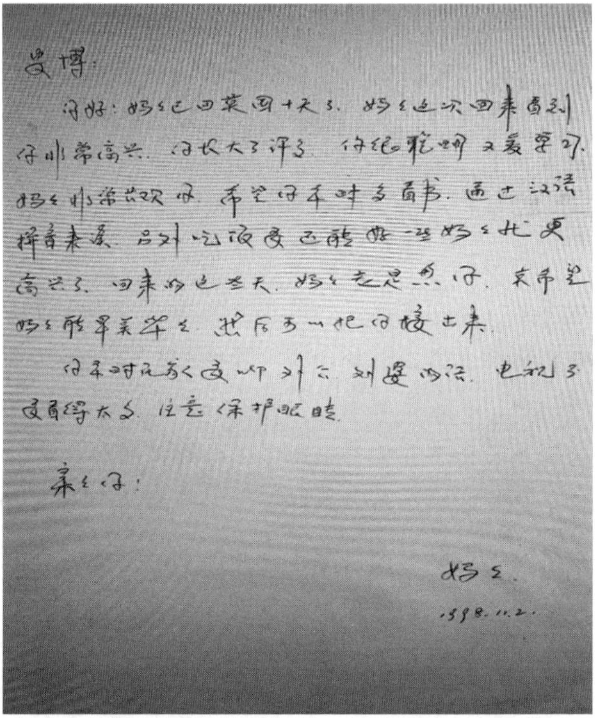

安博：

你好：妈妈已回英国十天了。妈妈这次回来看到你非常高兴。你长大了许多。你很聪明又爱学习。妈妈非常喜欢你。希望你平时多看书。通过汉语拼音来读。另外吃饭要还能好一些妈妈就更高兴了。回来的这些天，妈妈老是想你。真希望妈妈能早点毕业，然后可以把你接出来。

你平时在家要听外公、外婆的话，电视不要看得太多。注意保护眼睛。

亲亲你！

妈妈

1998.11.2.

安博：

你好！妈妈已回英国十天了。妈妈这次回来看到你非常高兴。你长大了许多。你很聪明又爱学习，妈妈非常喜欢你。希望你平时多看书，通过汉语拼音来读。另外吃饭要还能好一些妈妈就更高兴了。回来的这些天，妈妈老是想你。真希望妈妈能早点毕业，然后可以把你接出来。

你平时在家要听外公、外婆的话，电视不要

看得太多，注意保护眼睛。

亲亲你！

妈妈

1998年11月2日

2000年我毕业留校工作了，于是把父母和儿子都接出来过一个暑假，那时候的儿子还只能写几句简单的文章，我有些着急，觉得他的语言表达和描述能力太弱了，要求他多看书，多写日记。没有想到的是，后来儿子的文科是最好的。他高中时就有了自己的想法和对宇宙奥秘的兴趣，萌动了初始的哲学思维，而且他还开始了写诗，儿子高中时写的诗，现在拿出来都是有一定水平的。下面是儿子写的诗：

远星

周身是磅礴的漆黑
头顶上
星空却有着无限的广延
朝一个宁静的夜晚吹出爽冷的风
这一阵寒意
满足了与远星对视的眼睛

一颗流星终究降落的时候
它有撕破夜空的力量
望着从草地升起的无数虔诚的心愿
它降落了

放出剧烈的火花
燃烧出承载心愿的光

羁旅了千万年
于冰凉的虚空中
孤独地沉眠

一颗远星
诞生太古
飞历洪荒
踉踉跄跄肩擦了无数的过客
它倦了
降落之时
刻进了与它对视的眼睛

再等我回国时，儿子已经长大了，他考入了广州最好的中学之一执信中学。这期间，我们周末见面。通常是我带他到我的学院，我们一起工作。我干我的工作，他做他的作业。我想，如果小时候他对妈妈没有什么印象的话，中学期间，他对妈妈就有了一个深刻的印象，这个印象不是谁说教给他听的，而是他自己亲眼见到、亲身感受的。那就是他的妈妈总是在工作，他和妈妈在一起的时候就是一起干活。没有什么娱乐，更没有什么享受。他逐渐明白了，这个妈妈是怎样一步一步走到现在的。他也清楚了，如果他要前行，他要进步，他要怎么做。

一晃眼，儿子进了大学。因为读的是“2+2”的项目，儿子到了美国罗格斯大学。在美国的第一年是艰难的，中美课程衔接不合适的问题，在这些学生身上产生了反应。儿子很努力，也很勤奋，他的成绩一学期比一学期好，大学毕业后，他竟然拿到了罗格斯大学博士奖学金直接攻读博士学位，专业是生物信息学。

儿子是优秀的。再一眨眼，儿子快博士毕业了。此期间，可以说，我和儿子在相互鼓励，共同进步。每次我取得了什么成绩，儿子就以此作为他的奋斗目标。不知不觉，妈妈成了儿子的努力方向。

今天是母亲节，我想到写这些，我觉得很愧对儿子，因为我和他相处的时间不多，我没有给予他足够的温情和爱抚。相反，我对他要求很多，是一个“严母”而非“慈母”，我很惭愧。或许，这就是我的特性和母性的表现，和其他妈妈不太一样。但我和儿子的关系是好的，可以交心谈心的，渐渐地，儿子成了我的好朋友，有时还能给我一些建议。

每个家庭有每个家庭的特性，我和我的儿子就组成了这样一个特别的画面。